講談社文庫

決着の闘《とき》

公家武者 信平《のぶひら》(十二)

佐々木裕一

JN051472

講談社

目次

『公家武者 信平』の主な登場人物

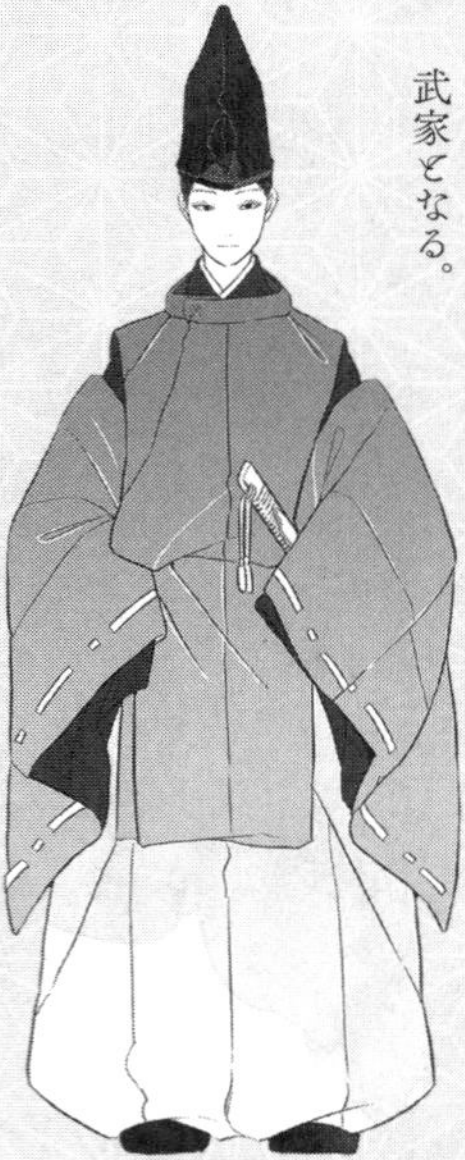

⦿鷹《たか》司《つかさ》松《まつ》平《だいら》信《のぶ》平《ひら》

家光《いえみつ》の正室・鷹司孝子《たかこ》（後の本理院《ほんりいん》）の弟。
姉を頼り江戸にくだり
武家となる。

⦿松《まつ》姫《ひめ》

徳川頼宣《とくがわよりのぶ》の娘。
将軍・家綱《いえつな》の命で信平に嫁ぐ。

⦿信《のぶ》政《まさ》

信平と松姫の一人息子。
元服を迎え福千代から改名し、
修行のため京に赴く。

⦿五《ご》味《み》正三《しょうぞう》

北町奉行所与力。
ある事件を通じ信平と知り合い、
身分を超えた友となる。

⦿**お初《はつ》**　老中・阿部《あべ》豊後守《ぶんごのかみ》忠秋《ただあき》の命により、信平に監視役として遣わされた「くのいち」。のちに信平の家来となる。

⦿**葉山《はやま》善衛門《ぜんえもん》**　家督を譲った後も家光に仕えていた旗本。家光の命により信平に仕える。

⦿**道謙《どうけん》**　公家だった信平に、京で剣術を教えた師匠。信政を京に迎える。

⦿**四代将軍・家綱《いえつな》**　本理院を姉のように慕い、永く信平を庇護する。

⦿**江島《えじま》佐吉《さきち》**　「四谷の弁慶」を名乗る辻斬りだったが、信平に敗れ家臣になる。

⦿**千下《せんげ》頼母《たのも》**　病弱な兄を思い、家に残る決意をした旗本次男。信平に魅せられ家臣に。

⦿**鈴蔵《りんぞう》**　馬の所有権をめぐり信平と出会い、家来となる。忍びの心得を持つ。

⦿**下御門《しもみかど》実光《さねみつ》**　政《まつりごと》の実権を朝廷に戻そうと暗躍する。京の魑魅《すだま》とも呼ばれる巨魁。

イラスト・Minoru

決着の鬨《とき》——公家武者 信平《のぶひら》(十二)

第一話　七本松の一矢

一

　雪化粧をした山々に、一発の銃声が響いた。

　羽を休めていた鳥たちが一斉《いっせい》に飛び去り、兵たちの声が地鳴りとなって広がる。

　肥前《ひぜん》と妹のお絹《きぬ》が非業《ひごう》の死を遂げて三月《みつき》後、所司《しょし》代永井尚庸《だいながいなおつね》を大将とした徳川《とくがわ》の軍勢二万が、銭才《せんさい》の本丸がある金峰山《きんぷせん》に攻め込み、たった今、戦《いくさ》の火蓋《ひぶた》が切られた。

　銭才こと下御門実光《しもみかどさねみつ》は、己《おのれ》の亡き娘が先帝後西上皇《ごさいじょうこう》から授かった薫子《かおるこ》を立て、この世を我が物にせんとたくらんでいる。己の野望のために宮中を襲い、帝《みかど》が匿《かくま》う薫子を取り戻そうとしたのは記憶に新しい。

　信平《のぶひら》と信政《のぶまさ》親子、そして道謙《どうけん》の奮闘で薫子を守ったものの、公儀は、二度と宮中を汚してはならぬと所司代に厳命し、銭才を成敗《せいばい》するべく、本腰を入れて捜した。そして、金峰山に居場所を突き止め、直《ただ》ちに大軍を動かしたのだ。

対する銭才は、金峰山で徳川軍を返り討ちにすれば、決断を迷っている外様《とざま》大名が一斉に軍門にくだると告げて士気を高め、応じて馳《は》せ参じた兵たちは、砦《とりで》を拠点に待ち構えていた。

鉄砲の音と共に、銭才の軍勢が守る砦に攻めのぼる徳川方の兵たちが、赤や黒の鎧《よろい》を纏《まと》って谷を進む景色は、大蛇が這《は》っているようにも見える。その大蛇を挟み撃ちにするように、山の尾根から雪煙を上げてくだる筋がある。

銭才軍数千の伏兵が、左右から岩や材木を落としたのだ。

いち早く気付いた侍大将が兵を下げようとするも、進むにつれて狭くなっていた谷では身動きができなくなり、兵たちは、頭上から降り注ぐ岩に潰され、あるいは材木の下敷きになった。

「放て！」

谷に号令が響き、弓矢が雨のごとく降り注いできた。

混乱に陥った徳川方の兵たちは、我先に谷をくだろうとして混乱が生じ、倒れた者を踏み越えて逃げた。そんな兵たちが、より狭くなっている場所で身動きできなくなったところを狙い、また岩が落とされる。

押し潰された兵たちの悲鳴が止《や》んだ時には、砦に攻めのぼる道は完全に塞がれ、逃げ道を失った兵たちは、伏兵の襲撃に立ち向かったものの、あえなく全滅した。

本陣にて采配《さいはい》を振っていた永井のもとに使い番が駆け込み、頭から血を流しながら伝える。

「栄田《さかえだ》隊が伏兵の襲撃に遭い敗退し、栄田殿が討ち死にされました」

「何！　鷹司《たかつかさ》隊はどうなっておる！」

「不明にございます！　おそらく栄田隊とご一緒かと……」

「馬鹿な！」

背後を突く策が見破られ、二千を超える兵を失った永井は、床几《しょうぎ》から立ち上がって悔しがった。

続いて駆け込んだ使い番が、正面から攻めのぼっている軍勢の苦戦を知らせた。銭才軍は浪人が大半を占める烏合《うごう》の衆と高をくくっていた永井は、思わぬ苦戦に焦りはじめ、自ら打って出ると決めた。

「背後を突く策が頓挫《とんざ》したからには、総がかりで一気に潰すぞ」

血気盛んな将たちが声を揃《そろ》えて応じ、己の兵を動かすべく本陣から出ていく。

先鋒隊に加え、総勢一万七千を超える寄せ手が攻めのぼり、金峰山寺から敵を敗退させたものの、高城山《たかぎやま》に築かれていた砦は守りが堅く、膠着《こうちゃく》状態となった。

永井は、小さな砦など一日で落とすと豪語し、砦を攻めた。

永井は気付かなかったが、これこそが、銭才軍の思惑どおり。

籠城《ろうじょう》すると思われていた銭才軍は、永井軍の裏をかいて打って出たのだ。

銭才軍は手強《てごわ》く、徳川方は苦戦を強いられて前に進めず、山間《やまあい》の小さな集落で、兵たちが足止めされる形となってしまった。

焦ったのは永井陣営だ。

「もうすぐ日が暮れます。ここで夜襲を受ければまずいですぞ」

与力《よりき》として参戦している畿内《きない》の大名から危惧《きぐ》の声があがり、その不安は全軍に広がった。

悪いことに、身体《からだ》を芯《しん》から冷やす冬の雨が降りはじめ、雨宿りもできぬ兵たちの士気を低下させた。

山霧が発生して視界を奪われた時、砦がある方角とは違った場所から太鼓の音がしはじめた。

途切れることのない、激しく勇ましい太鼓の音に続き、兵たちがあげる鬨《とき》の声が地鳴りとなって届くと、徳川方に緊張が走った。やがて霧が流れ、切れ間が生じる。

「来るぞ！」

永井が怒鳴ったその時、霧の中から放たれた矢が兵の胸に刺さり、雨のごとく降り注ぐ。

槍《やり》を構えた敵兵が、気合をかけて向かってきた。

徳川方は鉄砲で応戦し、続いて槍隊が攻めかかってぶつかる。

士気に勝る銭才軍が、次第に押しはじめた。

金峰山寺の二天門《にてんもん》跡から戦況を見守っていた永井は、薄霧の中で徐々に迫ってくる敵の勢いに、唇を嚙《か》んだ。

「信平殿が申していた、銭才が集めた剣士がおるに違いない」

永井の言葉で、陣にいる者たちに緊張が走った。

永井は、兵たちが戦う声と音がする霧を睨《にら》み、声をあげる。

「来るぞ！　油断すれば負ける！　構えて押し返せ！」

側近たちと太刀《たち》を抜き、迎え撃たんと気合をかけた時、霧の中からほら貝の音が響いた。

後方の銭才軍で新たな動きがあり、陣形が乱れた。これを機に徳川方が一気に押し返し、銭才軍が敗退していく。

　永井の陣まで迫っていた敵将が下がり、霧で姿が見えなくなって程なく、よろよろとした足取りで出てくると、うつ伏せに倒れた。

　その直後、霧の中から現れた狩衣《かりぎぬ》姿に、永井が歓喜の声をあげる。

「おお！　無事だったか！」

　永井に応じて歩みを進めるのは、鷹司松平《まつだいら》信平だ。黒い狩衣に鮮やかな紫の指貫《さしぬき》を穿《は》いている信平の背後で、大きな影が霧の中に浮く。出てきたのは、漆黒の鎧を着け、薙刀《なぎなた》のごとく大太刀を肩に置いた江島佐吉《えじまさきち》だ。

　戦だというのに鎧を着けぬ信平に、参戦している大名たちからどよめきが起きた。

　信平は、永井から三百人の精鋭を預かって道なき山を上がり、徳川方を攻める銭才軍の背後を突いて混乱させ、勝利に貢献したのだ。

　喜ぶ永井に対し、信平は厳しい面持ちで告げる。

「敵陣に、銭才の姿がありませぬ」

「何！」

　永井は戸惑った。攻めの声をあげたのは、他ならぬ永井だったからだ。

「そんなはずはない。少なくとも三日前は、姿があったはずだ」

山伏《やまぶし》に化けた密偵を金峰山寺に入らせて得た事実だと告げた永井は、与力の大名に、砦を調べるよう命じた。

直ちに兵を連れて砦に向かったのは、和泉日根藩《いずみひねはん》二万石の大名、貝塚左京大夫《かいづかさきょうのかみ》。すでに銭才軍は敗走しており、先に砦の門から入った兵が、誰もいないと知らせてきた。

砦は、四方に物見櫓《ものみやぐら》を備えており、三方を急な斜面に守られた要害堅固《ようがいけんご》。ここに籠城されていれば、寄せ手の被害はこれだけではすまなかったはずだと、貝塚は側近にこぼした。

砦の隅々まで調べさせたが、あるのは泥と血にまみれて切腹した敵兵の骸《むくろ》が八体のみで、銭才らしき者の骸は見られなかった。

貝塚が大声で兵たちに命じる。

「砦に隠し部屋か逃げ道はないか、日が暮れてしまう前にもう一度調べよ」

そばにいた二十人の兵が平屋の陣屋に向かった時、屋根に人影が立った。

黒羅紗《くろらしゃ》の道中長合羽《なががっぱ》を着けた背の高い曲者《くせもの》は、兵たちの前に飛び下りた刹那《せつな》に斬り込んでくる。

兵たちが刀を抜いて応戦しようとしたが、曲者はあいだを斬り抜けた。

目の前にいる兵を右に左に斬り倒しつつ、甲冑《かっちゅう》を着けている貝塚に迫ってくる。

馬廻《うままわ》り衆があるじを守らんと槍を向け、三人が同時に襲いかかった。

だがその者は、恐るべき跳躍力をもって穂先をかわして馬廻り衆の背後を取り、振り向きざまに太刀を一閃《いっせん》。

一人を斬殺し、二人目が振るった槍を斬り飛ばして首を突き、三人目が突いてきた穂先を、身体を横に転じてかわす。

太刀筋が見えなかったが、曲者が貝塚に向いた時、三人目の馬廻り衆は首から血を噴出し、呻《うめ》き声もなく倒れた。

貝塚の家老が太刀を向け、兵たちに怒鳴る。

「かかれ！」

兵たちが槍を向け、曲者に迫る。

鼻で笑った曲者は、兵たちに猛然と迫り、たった一人で二十数人を斬殺した。

「ば、化け物か」

鬼神のごとく手強い敵に、貝塚は息を呑《の》んだ。

だが、武将らしく一歩も引かず、自ら槍を取って向かおうとしたが、目の前に狩衣の背中が立った。

「信平殿」

貝塚に声をかけられた信平は、下がるよう告げ、曲者に問う。

「銭才の十士か」

曲者は太刀を肩に置き、片笑《かたえ》む。

「いかにも。我は越後《えちご》だ。おのれは信平か」

信平は応じて、さらに問う。

「銭才はどこにおる」

「ふん」

鼻で笑った越後は直後に笑みを消し、猛然と斬りかかる。

鋭く振るわれた太刀を下がってかわした信平だったが、追って飛ぶ越後の微笑《ほほえ》んだ顔が目の前に迫る。

首を狙って右から迫る死を、信平は狐丸《きつねまる》で受け流し、さらに飛びすさって間合いを空けた。

越後は右足を出して太刀の切っ先を信平に向け、一足飛びに迫るやいなや、幹竹割《からたけ》りに打ち下ろす。

右に足を運んでかわした信平は、追って一閃する越後の太刀を、狐丸で弾《はじ》き返し、返す刀で斬り下ろす。

かわした越後は、袈裟《けさぎ》斬りに打ち下ろした。だが、またもや信平にかわされて苛立《いらだ》ちの声をあげ、立て続けに刀を振るって攻撃する。

信平はかわし続けているが、受け身でありながら次第に剣が冴《さ》えてゆき、越後渾身《こんしん》の一撃を見切ってかわすと同時に、身体を右に回転しざまに狐丸を一閃した。

かろうじてかわした越後は、着物の袖が割れ、右の手首に血が流れたのを見て舌打ちし、信平を睨んだ。

「このおれに傷を負わせたことを、必ず後悔させてやる」

言葉を捨てると同時に、火薬球を投げた。

爆発から逃れた信平が、逃げる越後を追って走る。

越後は身軽に物見櫓に上がり、砦の塀を越えて消えた。

信平が同じようにして追って塀に上がると、越後は急斜面を滑り下り、馬に飛び乗って走らせた。

信平は斜面を走り、山道を曲がる馬の先を越そうとしたのだが、越後が操る馬の脚が勝り、逃げられてしまった。

馬に付けていた槍を取った越後は、道にいた徳川方の兵たちを薙《な》ぎ倒《たお》しながら突き進み、雪と泥を跳ね上げ遠ざかっていく。

銭才がこの山に潜《ひそ》んでいると信じていた信平は、肥前の無念を胸に、唇を引き結んだ。

佐吉たち家来が斜面を滑り下り、信平に駆け寄る。

千下《せんげ》頼母《たのも》、小暮《こぐれ》一京《いっけい》、山波《やまなみ》新十郎《しんじゅうろう》の三人は、登山しやすいように重い甲冑を着けず、胴具と籠手《こて》に脚絆《きゃはん》といった軽装だ。

信平は一京に告げる。

「腕から血が出ているぞ」

言われて右腕を見た一京は、今気付いたような顔をして応じる。

「かすり傷です。それよりも殿、今のは何者ですか」

「銭才の十士の一人だ。越後と名乗った。上の様子はどうじゃ」

「敵将を捕らえ、永井様に引き渡しました」

言葉足らずの一京を、新十郎が補足する。

「兵に指示を出していた者を七人ほどです。砦で自害した者の中には、北口で伏兵の指揮をしていた武将がおりました」

栄田隊が全滅させられた時、兵を率いて別の道をのぼっていた信平は、銭才方を勢い付かせぬために待ち伏せし、引き上げてくる伏兵を襲撃し、敗走させていたのだ。

砦に上がると、待っていた貝塚が駆け寄り、頭を下げた。

「おかげさまで、命拾いをしました」

信平は首を横に振り、共に金峰山寺に戻った。

越後に逃げられ、銭才もいなかったと信平が告げると、永井は境内の片すみに案内した。

井戸端で兵が洗っていたのは、捕らえられた者の顔だ。

山霧に紛れるよう白装束に身を包んでいる敵将は、顔まで白く塗っていたという。

凍るように冷たい水で洗い流され、元の顔が露《あらわ》にされると、敵将は、信平に見られぬように下を向いた。

永井が告げる。

「この者は、室伏河内守《むろふしかわちのかみ》だ」

言われてようやく、信平は気付いた。

江戸城の本丸で幾度か顔を合わせているその男は、十万石の外様だが、将軍家綱《いえつな》の信頼を得て、畿内に領地を賜《たまわ》っていたはず。

永井は、そんな室伏に聞こえるように、声を大にした。

「銭才は逃がしたが、戦に勝利し、拠点を潰したのは大きい。もはや畿内には、銭才に味方する者はおらぬ。信平殿、ご苦労だった」

豪快に笑った永井は、集まった将兵たちの前に立ち、京への引き上げを告げた。

金峰山の砦には、貝塚が五千の兵と共に残り、二度と銭才の手に渡らぬよう目を光らせることとなった。

二

二日後。京の鷹司家に戻っていた信平を、禁裏付の舘川肥後守《たちかわひごのかみ》と茂木大善《もぎだいぜん》が訪ねてきた。

二人が待つ客間に行くと、舘川と茂木が揃って頭を下げた。

舘川が口を開く。

「金峰山への出陣、ご苦労様でした」

信平は笑みで応《こた》えられなかった。

「銭才を逃がしたのは、痛恨の極みです」

舘川が真顔で応じる。

「所司代殿から聞きました。二万の兵が攻めるのを知り、恐れて逃げたのでしょう。大風呂敷《おおぶろしき》を広げておきながら、いざとなったら逃げるような弱い人間に、この先与《くみ》する者はおりますまい。此度《こたび》の戦は、そういう意味では大勝利ですぞ」

「だとよいが、どうも、こころが晴れぬ」

「銭才を倒し、肥前と妹の無念を晴らせなかったからではありませぬか」

「それも大いにあるが、銭才が容易《たやす》く逃げるとは思えず、何かたくらみがあるのではないかと、疑わずにはおれぬ」

「まだ、あきらめていないとお思いですか。薫子に希望を繫《つな》ぎ、逃げたと」

探るような目で問う茂木に、信平はうなずいた。

茂木が身を乗り出すように言う。

「その薫子が、禁裏から姿を消しました。同時に、道謙様と信政殿のお姿も見えませぬ。行き先をご存じならば、お教えください。薫子は、我らの目の届くところにおらねばならぬのです」

「麿《まろ》も聞かされておらぬ」

すると茂木は、必死の面持ちとなった。

「信平殿、帝と口裏を合わされましたな。しかし、それでは困るのです。御公儀より、薫子から目を離すなと命じられております」

「そう申されても、三人が宮中から姿を消したのを今知った次第」

「なんと……」

驚く二人に、信平は微笑む。

「されど、心配は無用。師匠が必ず、銭才の魔の手からお守りくださる」

茂木が、真《ま》っ直《す》ぐな目を向けてきた。

「お二人だけで、まことに守られますか」

「師匠は、考えがあるとおっしゃった。それよりも、薫子が姿を消したことを他言されたか」

「いえ」

口を揃える二人にうなずいた信平は、こう切り出した。

「銭才は、薫子がおると思いふたたび仕掛けてくるはず。逃げられてしまったからには、薫子が宮中におらぬことを、公《おおやけ》にしたほうがよいでしょう」

舘川が、困惑した面持ちで応える。

「それは、帝におうかがいを立てる必要がございます」

茂木が口を挟んだ。

「薫子が宮中にいないのを銭才が知れば、宮中に奪いに来ることはない。信平殿は、そうお考えですか」

「師匠は、薫子が帝のおそばにおれば、銭才に宮中を攻める口実を与えてしまうと憂えておられた。現に京では、銭才は帝に、孫娘を奪われたと哀れむ声があるとか」

舘川と茂木はうなずき、茂木が険しい面持ちで口を開く。

「宮中での騒ぎは民に衝撃を与え、曲げられた話を鵜《う》呑《の》みにする者がおるのです」

「民の声は侮《あなど》れぬ。師匠は、帝のために薫子を宮中から出し、隠されたのでしょう」

舘川が応じた。

「承知しました。薫子が宮中におらぬことを、公にしましょう。茂木殿、今信平殿が申されたことを、御公儀に伝えたらどうか」

「分かりました。ではさっそく、江戸に戻ります」

舘川が信平に顔を向ける。

「それがしも行きます。ごめん」

頭を下げて立ち上がる舘川と茂木に、信平はくれぐれも用心するよう告げて見送った。

茂木が馬を馳せて京を発《た》ったのは、その日の夕方だった。

いっぽう所司代永井は、室伏河内守をはじめ、捕らえた敵将七名を厳しく調べていたが、七名とも口が堅く、銭才の行方《ゆくえ》はつかめなかった。

特に室伏は、

「上様に恨みはないが、公儀の仕打ちには我慢ならぬ」

涙を浮かべて訴えた。

家綱から十万石の領地を賜ったものの、それをよしとせぬ公儀は、江戸城石垣修繕や街道の整備など、金のかかる役目を次々と課し、田畑の不作も重なって藩の財政は悪化。飢え死にする民が大勢出ていた時に、銭才から救いの手を伸ばされたという。

永井は聞く耳を持たなかった。

「そのような戯《ざ》れ言《ごと》が通用すると思うな。藩が多額の借財を抱える羽目になったのは、そのほうが政《まつりごと》を家老にまかせ、遊びほうけておったからであろう。その家老は今、どうしておる。申してみよ」

五万両とも言われる藩の公金を着服した家老が出奔《しゅっぽん》した事実を、永井はつかんでいた。

顔をそらして黙り込みを決める室伏に、永井は厳しい態度で応じる。

「己の監督不行き届きを棚に上げ、役目を課す公儀を逆恨みした挙げ句の謀反《むほん》に、酌《しゃく》量《りょう》の余地はない。これ以上生かしてはおけぬ。打ち首じゃ」

永井は七名が口を割らぬことに腹を立てたわけではなく、銭才が逃げている今、徳川の厳しさを世に知らしめるために、罰を急いだのだ。

「三日後に、三条《さんじょう》の河原で処刑する触れを出せ」

あらかじめ、戦後処理を公儀からまかされていた永井に迷いはなかった。

配下たちは直ちにお触れを出し、翌日には京中に広まった。

金峰山で戦があったことすら知らなかった京の民のあいだでは、騒ぎになった。

薫子を奪われた銭才を哀れむ声があるいっぽうで、宮中を襲った銭才は、世を乱す鬼のように伝えられていたことも手伝い、民たちは処刑を知るなり想像を膨《ふく》らませて、

「京の魑魅《すだま》の手下も人じゃないらしい。首を刎《は》ねたら、きっと祟《たた》りが起きるぞ」

こう恐れ、噂《うわさ》を広める者がいた。

噂には尾ひれが付くのが常だが、いつの間にか、徳川の鬼退治として広まり、挙げ句には、どんな怪異が起きるか見たいという者が現れ、三条の河原には一日前から見

物人が足を運び、場所を取りはじめた。

人が人を呼び、何があるのかも知らずに、皆が集まっている後ろに並ぶ者まで出てきて、当日の三条河原は、まるで祭りでもあるような騒ぎになった。

永井は、この事態に困惑し、銭才の手の者が罪人を取り戻しに来るのではないかと警戒を強めた。所司代屋敷から刑場までの道のりは、特に警固を厳重にし、小者《こもの》までもが防具を着けて槍を持ち、道端に人が近づくのを許さなかった。

また、罪人たちを押し込めている唐丸駕籠《とうまるかご》には槍を持った侍が二人ずつ付き、襲撃あらば、その場で突き殺す構えを取っていた。

見物の者が集まる河原に、粛々《しゅくしゅく》と進む行列が現れた時、どよめきがあがった。

「裏切り者！」

「人殺し！」

戦で命を落とした兵の身内だろう。恨みをぶつける者たちがいる。

その一方では、

「なんだ人じゃないか」

などと、落胆する声もあった。

家来たちと行列から離れた場所を進み、襲撃を警戒していた信平は、唐丸駕籠が三条河原にくだりはじめたところで列から離れた。

三条橋は見物人が鈴なりとなり、両の川岸も、身動きが取れぬほど人が集まっている。

ほとんどが町人で、二本差しの姿はない。

騒ぐ民たちの中から、突如大音声《だいおんじょう》があがった。

「皆の者よう聞け！　これから首を刎ねられるのは、盗《ぬす》っ人《と》や人殺しのように、私欲のために罪を犯した者ではなく、この国を想い、己の信念を貫いて勇敢に戦った武将たちだ。静かに送ってやらぬか」

永井の配下たちが走り、取り押さえたのは総髪を頭の後ろで束ねた学者風の中年だった。配下たちはその者を知っているらしく、手荒に扱わない。また男も、言うことは言ったと満足したのか、抵抗せず連れて行かれた。

永井は不機嫌な顔をして、配下を促す。

七人の罪人が駕籠から出され、穴の前で座らされたのを機に、これまでの騒ぎが嘘《うそ》のように静まり返った。

身なりこそ粗末な着物だが、武将らしく、死を恐れぬ者たちの神妙な態度と顔つきは、学者の声も手伝い、集まった民たちの口を閉ざした。

銭才は奪還に動くと思われたが、何も起こらない。

信平の背後から、佐吉がぼそりと告げる。

「沈黙が、不気味です」

この時信平は、処刑を見に集まった群衆に目を配っていた。

馬を降りた永井が床几に腰かけると、白襷《しろだすき》に鉢巻きをした七人の侍が罪人の背後に立ち、刀を抜いた。

差し出された刀身に、小者が柄杓《ひしゃく》の水を流す。

いよいよ首を刎ねられるという場面に直面し、見物の者たちに緊張が走った。最前列にいた女たちは、怖くなって下がろうとしたができず、見ないように背を向けた。

助けに来るとすれば、もう時はない。

信平が群衆に注意を払っている中、罪人の背後で白刃《はくじん》がきらめいた。気合と共に、一閃されたのだ。

群衆から悲鳴もあがらず、静まり返っている。

信平が河原へ顔を向けた時、破れた生地が垂れ下がったぼろぼろの着物を纏った、小汚い無宿人《むしゅくにん》が近づいてきた。横で立ち止まり、前を向いたまま小声で告げる。

「銭才は、江戸に向かったとの知らせを得ました」

信平が顔を向けると、無宿人は見もせず、手に何かを当ててきた。

「お頭からです」

そう言われて受け取ると、無宿人は群衆に紛れて去った。

見ると、赤蝮《あかまむし》の頭領、森能登守忠利《もりのとのかみただとし》からの密書で、急ぎ江戸に戻るよう記されていた。銭才が、江戸でことを起こそうとしているというのだ。

金峰山にいると思わせておきながら、密《ひそ》かに江戸に向かっていた事実を知った信平は、河原に顔を向けた。今首を刎ねられた者たちは、囮《おとり》のために、使い捨てにされたのだ。

背後にいる佐吉と頼母は、赤蝮が接触したのに気付かず、小声で何かを語り合っている。

「佐吉、頼母」

振り向いた信平に応じた二人が、聞く顔をした。

「江戸が危ない。所司代殿に伝えてまいれ」

密書を見せると、二人は目を見張った。

「承知」

頼母が伝えに行こうとした時、信平の背後の三条河原で悲鳴があがった。

どこからともなく放たれた弓矢が、処刑された武将の首を運ぼうとしていた兵の背中を貫いたのだ。

「曲者だ！」

叫んだ兵が、倒れて苦しむ仲間を守ろうとして、矢が飛んできた方を警戒した。その額に矢が突き刺さり、呻き声もなく後ろに飛ばされ、背中から川に落ちた。

騒然となる中、

「所司代様を守れ」

ひと際大きな声が響く。

永井は四人の馬廻り衆に守られ、河原から上がろうとしている。

放たれた矢が、前を守る馬廻り衆を倒し、永井の肩に黒い矢が命中した。

突然の襲撃に、民たちは己の命大事と、我先に逃げようとして大混乱になった。三条橋では、身動きできず押された者たちが欄干《らんかん》から川に転落している。

そんな民たちの前に黒装束の集団が現れ、抜刀して斬り伏せた。無差別に襲い、女であっても容赦《ようしゃ》なく斬り殺してゆく。

悲鳴と怒号があがり、民たちが大混乱になる中、信平と一度剣をまじえた越後が商家の屋根に現れた。

いち早く気付いた信平が見ている前で、越後は悠然と弓に矢を番《つが》え、まだ河原にいる永井に狙いを定めて射る。

馬廻り衆が身を挺《てい》して守り、胸を貫かれて倒れた。

側近の者たちが永井を囲み、ようやく河原から上がった。

愉快そうに笑った越後が、大声をあげる。

「信平よく聞け！　十日後の明《あ》け六《む》つ、薫子様を無傷でこの越後に渡せ。洛外《らくがい》の鳥羽《とば》にある七本松の丘に、そのほうが一人で連れてまいれ。来ぬ時は、京の罪なき民が命を落とす！　このようにな！」

越後の声に応じて、配下に捕まっていた町の若者が屋根に連れてこられた。

越後がふたたび大声をあげる。

「京の民よ。我らに殺されるのは、この国を幸《さいわい》に包む薫子様を奪った信平のせいだ。恨むなら、信平を恨め」

越後は抜刀し、無情にも、若者を見せしめに斬殺した。

悲鳴があがる中、越後が信平に告げる。

「我らの本気が分かったか。十日後だ。よいな！」

越後は信平の反論を待たずして、配下と共に去った。

場は静まり返り、京の民たちの怯《おび》えた目が、信平に向けられる。

「これはまずいですよ」

頼母が佐吉の袖を引いて小声で告げ、応じた佐吉たち家来が、信平を守って去ろうとするが、恐れた町の者たちは道を空けなかった。

「うちの息子を返してくれ」

声をあげたのは、殺された町人の父親らしき男だ。涙を流し、悲しみと怒りに満ちた顔で詰め寄ろうとしたのを佐吉が止めた。

「殿は何も悪くない。悪党の嘘を真に受けるな」

「そんなことはどうでもいい。お前さんたちの争いのせいで、わしの息子は殺されたんだ。返してくれ。返せ！」

つかみかかる男に対し、佐吉は何もせず受け止めている。

大男の佐吉はびくとも動かないが、父親の悲しみが十分に伝わり、胸を痛めた面持ちをしている。

民たちは父親を気の毒がり、信平に対して非難を浴びせはじめた。

薫子と銭才の噂を知る者たちは、銭才と争う信平が、薫子を人質に取ったとでも思うているに違いなかった。

そんな民たちの中に、ほくそ笑む男が二人いるのに、信平は気付いていない。

男たちは顔を見合わせ、声をあげる。

「薫子を渡せ！」

「信平様！　わたしたちを見殺しにしないでください！」

越後の手下による扇動《せんどう》はまんまと成功し、たちまち声が広がった。不安に駆られた町の者たちは、信平を責めはじめる。

「殿、お逃げください」

佐吉がかばったが、町の男衆が大男に恐れることなく束になってかかった。

五人の男がぶら下がっても倒れぬ佐吉だったが、女までつかみかかり、暴徒と化した民衆が相手ではどうにもたまらず、押し倒されてしまった。

頼母や新十郎たちが刀に手をかけるのを止めた信平は、川岸まで下がった。

「薫子のことを公にしたのが裏目に出たか」

信平がこぼした時、民から声があがった。

「薫子を連れてこい！」

「そうだ！　居場所を教えろ！」

群衆が詰め寄ろうとした時、一斉に放たれた鉄砲の轟音《ごうおん》が鳴り響いた。

耳をつんざく音に、民たちは悲鳴をあげてしゃがんだ。

その者たちの背後に現れたのは、赤い甲冑で揃えた軍勢だ。

馬に跨《また》がり、より目立つ鎧に身を包んだ武将は、近江朽木藩《おうみくつきはん》二万石の井伊土佐守《いいとさのかみ》。

統率された兵の動きに隙はなく、十人の鉄砲隊が筒先を空に向けて横一列に並んで片膝をついた。

馬上の井伊が、逃げ場を失った民に向かって告げる。

「静まれ！　これは下御門実光の謀略だ。奴《やつ》の手下の脅《おど》しに屈すれば、京は必ず戦場となり、町は焼き尽くされる。それを阻止するために命を張っている信平殿を、そのほうらは責めるのか！」

混乱のざわつきに負けぬ大音声に、町の者たちは静まり返った。

扇動していた二人の男が焦った様子で、顔を見合わせた。そして、一人が声をあげる。

「みんな騙《だま》されるな」

「そうだ！　屋根の上で殺された男を見ただろう。信平は助けてくれなかったじゃないか！」

二人の声に民たちは不安がり、また騒ぎはじめた。

「おい待て！　落ち着け！」

井伊が本気で鉄砲を向けさせるはずもなく、兵に命じて民たちを押し返した。

信平に迫ろうとしていた民たちが下がった隙に、井伊が馬で駆け付けた。

「乗れ！」

信平は応じて走り、井伊の後ろに飛び乗った。

佐吉たち家来が、井伊の兵たちと民を説得しにかかるのを尻目に、信平を乗せた馬は町中を馳せ、二条城《にじょうじょう》に向かった。

表門を守る門番たちは、赤い甲冑を着けた騎馬武者に驚き、門前に出てきて六尺棒を交差して止めた。

馬を止めた井伊が身分を伝えると、門番たちは知らされていたらしく、すぐさま棒を下げ、門が開かれた。

馬を降りた信平は、入らぬのか、と驚く井伊に礼を述べ、その場で伝える。

「銭才が江戸に向かったとの知らせを受けたばかりだ」

すると井伊は、馬から降りて信平に駆け寄る。

「この騒ぎは、ことごとく銭才の凶行《きょうこう》を防いできたおぬしを、京に足止めさせるための策ではないのか」

「十日の猶予《ゆうよ》は、長すぎるか」

「そうとしか思えぬ。どうする」

「どうであれ、京の民を見捨てるわけにはいかぬ」

井伊が舌打ちをした。

「おぬしのことだ。そう申すと思うた。だが、薫子を渡せば、この世が二つに割れるぞ」

信平は井伊の目を見た。

「薫子のことを、知っているのか」

井伊はうなずく。

「上様から、信平殿に加勢する命を受けてまいったのだ。薫子はどこにおる」

「薫子は今……」

「いや、ここでは聞くまい」

誰が銭才に通じているか分からぬ、と小声で告げた井伊が、門番たちを気にするそぶりを見せた。そして、豪語する。

「信平殿、心配は無用じゃ。我が精鋭どもを京中に展開させ、民を守る！　おぬしは一日も早《はよ》う、悪党を捜し出せ」

笑って馬に乗った井伊は、また会おうと言い置き、兵たちのもとへ帰っていった。嵐のような男だと思う信平は、同時に、心強い味方を得たと安堵《あんど》した。

二条城から、何ごとかと心配した城代の家来たちが出てきた。

信平が事情を話すと、所司代の負傷を知った家来たちは驚き、急ぎ城代に伝えて加勢を促すと言ってくれた。

城代には会わず、鷹司家に戻った信平は、佐吉たちを待ってふたたび町へ出ようとしたが、頼母に止められた。

「三条の騒ぎは、土佐守様の兵に二条城の兵たちが加わったことでようやく収まりましたが、民の不安が収まったわけではございませぬ。殿は当分のあいだ、人目に付かぬほうがよいと、土佐守様と所司代様がおっしゃいました」

「ここは、そうするしかございませぬぞ。越後の探索は、我らにおまかせください」

佐吉からも言われて、信平は座りなおした。

「京におらぬかもしれぬ越後を捜し出すのは、十日では短すぎる。それでも、探索をすることで見えてくるものもあろう。ゆめゆめ油断せず、よろしく頼む」

揃って頭を下げた家来たちは、京の町へ出ていった。

一人残った信平は、居室に籠《こ》もって知らせを待った。庭に気配が差したのは、日がとっぷり暮れてからだ。

「鈴蔵《りんぞう》、戻ったか」

背後を見もせず声をかけると、障子《しょうじ》が開け閉めされ、すぐ後ろまで来た鈴蔵が耳打ちした。

薫子の居場所を聞いた信平はうなずき、下がって正座する鈴蔵に向く。

「戻ったばかりですまぬが、佐吉たちを助けてくれ」

「三条の騒ぎの件ですか」

「知っていたのか」

「町中が物々しい雰囲気でしたので、警戒をしていた所司代様の兵に問いました」

「越後と名乗った者は、時を稼ぐために身を隠しておろうが、必ず見つけ出さねばならぬ」

「承知しました。京の知り合いも騒動を知っておりましょうから、手を貸すよう話してみます」

「よしなに頼む」

鈴蔵は応じて、出ていった。

薫子の居場所を知った信平は、灯《とも》された蠟燭《ろうそく》の火を見つめながら、この先どうすべきか思案した。

民の前で罪なき息子を殺された父親の、悔しそうな顔が目に浮かんだ信平は、銭才に対する強い怒りを抑えるために、瞑目《めいもく》した。

三

三日が過ぎ、五日が過ぎても越後の行方はつかめなかった。

鷹司家の居室で報告を受けることしかできなかった信平は、鈴蔵から、八坂《やさか》の町で越後らしき男を見たという者がいたとの知らせを受けた。

信平が出るまでもなく、佐吉たちは身なりを町人に変えて八坂に行き、越後を捜した。だが、二日粘っても見つけられず、むなしく時だけが過ぎてゆく。

残すところ三日となった昼過ぎ、町の警固をしていた井伊の兵が殺された。

六人一隊となって通りを警戒していた兵が、店から出てきた越後に、一太刀も浴びせられずに斬殺されたのだ。

白昼の通りには大勢の町人たちがおり、騒然となる中、越後は皆に告げた。

「信平が、なんの罪もない薫子様を人質にし、返そうとしないのが悪いのだ。今は信平に与するこの者たちを斬ったが、これよりは、信平が薫子様を返すまで、一日十人殺す」

越後の声に応じて、手下が店から連れて出たのは、あるじ夫婦と若い手代二人だ。

泣き叫ぶ手代の前に太刀を向けた越後は、騒然となる町の者たちに見せつけ、無情にも斬殺した。

四人が斬り殺されたのを目の当たりにした町の者たちは混乱状態になり、我先に逃げようとした。そのため、押されて倒れた者は次々と踏まれて大怪我《おおけが》を負い、折り重なって倒れた下敷きになった中には、運悪く命を落とす者までいた。

越後はその光景に嬉々《きき》とした目をして屋根に上がり、逃げる者たちに声高々に叫ぶ。

「悪いのは信平だ。命が惜しければ、今から皆で鷹司家に行き、薫子を渡すよう説得しろ」

逃げる者たちに紛れ込んでいた扇動役の二人が、越後に呼応する。

「おいみんな！　鷹司家に行こう！　信平に薫子を返すように言わなければ、明日はおれたちが殺されるぞ！」

三条の騒動よりも身の危険を感じた町の者たちは、扇動に乗って行動をはじめた。

居室にいた信平のもとに一京が駆け込んだのは、昼を過ぎた頃だ。

「殿、表が大変です。町の衆が門前に集まり、薫子を渡せと騒いでいます」

続いて入ってきたのは、当主の房輔《ふさすけ》だ。一京が頭を下げるのに応じて、信平の前に座す。

「今にも、門が破られそうです。信平殿、この騒ぎを、どう収められる」

暴徒が侵入すれば、鷹司家に迷惑となる。何より、町の者たちが役人に捕らえられてはいけぬと思う信平は、立ち上がった。

表に向かった信平は、脇門から出た。

門番と共に町の者を止めていた佐吉が、出てはいけませぬ、と必死の声をあげる。

新十郎が人の圧力に負け、男たちが信平に詰め寄った。

「信平様、つい先ほど、お侍と店の者が十人殺されました。薫子を返さなければ、毎日十人殺すそうです」

「信平様、わしら罪のない町の者が殺されてもいいのですか」

「そうです。今すぐ、薫子を返してやってください。ここにいるのでしょう」

三人の男に言われた信平は、騒ぐ声が静まるのを待ち、口を開いた。

「鷹司の屋敷にはおらぬ」

「嘘だ！」

後ろから声がし、また騒ぎはじめた。

信平は民が静かになるのを待ち、思いを告げる。

「皆の命を取らせるようなことはせぬ」

「それじゃ、返していただけるので」

信平はその者には答えず、どこかで聞いているであろう越後の手の者に届くよう、声を大きくした。

「越後に伝えよ。三日後には、鳥羽の七本松に必ずまいる。それまで、罪なき者を傷つけないでくれ」

町の者たちはあたりを見回し、誰が答えるのか探している。

「約束を破れば、百人殺す！」

大声があがったが、姿は見えなかった。

不安そうな男が、信平に声をかける。

「ほんとうに、約束どおり返してやってくださるのですか」

「案ずるな。もう誰も殺させぬ」

信平の言葉により、町の者たちは不安そうな顔をしながらも、帰っていった。

脇門から戻ると、房輔が血相を変えて歩み寄った。

「信平殿、本気ですか」

薫子が銭才の手に落ちれば、この世が二つに割れるのは避けられない。その肝となる薫子をほんとうに渡すのかと、房輔は不安をぶつけた。

「今は確かに、罪なき民が殺されています。救いたいという信平殿の気持ちはよう分かります。されど、薫子を渡せば大戦になりますぞ」

確かに房輔の言うとおり、戦になれば何万、何十万という民が巻き込まれ、途方もない犠牲が出る。

信平は、胸に秘めている想いは口にせず、房輔に頭を下げた。

「信平殿、どこに行かれる。信平殿待たれよ」

房輔の声を背中に聞きながら、信平は門の外へ出た。

佐吉たち家来が追ってきたが、信平は同道を許さなかった。

「土佐守殿と共に、京の民を守ってくれ」

頼母が問う。

「殿は、どちらに行かれるのですか」

「師匠に会《お》うてまいる」

案ずるなと告げた信平は、一人で走り去った。

民を想う信平は、京を抜け出し、道謙と信政が薫子を隠しているはずの場所へ向かった。

鈴蔵が知らせてくれたのは、信平もよく知る叡山《えいざん》の庵《いおり》だ。

道謙は、長いあいだ隠棲《いんせい》していた叡山の庵に信政と薫子を連れて行き、身を潜めている。

山深く、人里からも離れている庵は隠れるにはいい場所だ。陰陽師《おんみょうじ》に勝る技を使う帳成雄《ちょうせいゆう》亡き今、銭才があの場所を突きとめはしないだろう。

信平は、京を出る己の跡をつける者がいないか確かめつつ道を急いだ。そして山に入る前にも十分に確かめ、茂みに分け入った。

道なき道を選んで進み、渓流の崖をのぼって、茂みを分けて走る。

庵が見える場所まで行くと、以前は庭だったはずの平地が草で覆われ、自然に根付いた雑木が三本ほど、信平の背丈ほど伸びていた。

だが庵は、傷んでいるようには見えない。雨戸は閉められており、静かだ。

鈴蔵は確かにここにいると告げたが、人の気配がまるでしない。

「別の場所に移られたか」

そう独りごちた信平は、山の茂みから庭の茂みに移り、庵に走った。出入り口の板戸を右に引くと、軽く動いた。

中は暗く、懐かしい匂いがする。

確かにここにいたはずだと思った信平は、戸を開けて足を踏み入れた。戸口から差し込む日の光に照らされた板の間に、四角い白い物が見えた。

紙が置いてあるのだと気付いた信平は土間の奥に歩みを進め、板の間の上がり框《がまち》に置かれていた紙を手に取り、開いて見た。

未熟者

字は紛れもなく、道謙の筆遣い。

はっとした信平は、外に出た。

目を山の茂みに走らせる。

木々のあいだにある闇に目をこらし、気配を探る。右に目を走らせ、笹《ささ》の茂みに意識を向けた信平は、突如として湧き上がった殺気に、考えるより先に身体が動いた。

藪《やぶ》から放たれた弓矢を、狐丸で切り飛ばす。と同時に、藪に向かって走る。

現れた三人の曲者が、信平を狙って弓矢を放った。

正確に、己の胸めがけて迫る三本の矢を切り飛ばした信平は、慌《あわ》てて弓を太刀に持ち替えようとする一人を斬り倒し、すぐ右横から向けられた弓矢をかわすべく、地を蹴って後ろに飛んだ。

目の前を曲者が放った矢が走り、信平の左手側にいた曲者の肩に突き刺さった。

仲間に当たったのを見ても、まるで感情を表に出さぬ曲者は、弓を捨てて抜刀し、脇構えで迫った。

無言の気合をかけて打ち下ろされる一刀を、信平は身体を右に回転してかわし、狩衣の袖が舞う。

狐丸で背中を斬られた曲者は、振り向いて刀を振り上げようとしたが、呻き声をあげて仰向けに倒れた。

信平は狐丸を右手に下げ、油断なく気配を探る。木の枝が揺れ、黒い人影がひとつ、走り去った。

長い息を吐いた信平は狐丸を鞘《さや》に納め、庵に振り向く。

薫子を借りようとしたのだが、道謙の置手紙の意味を胸に止めた信平は、あきらめて立ち去った。


山をくだる信平を崖の上から見ていた信政が、道謙に振り向いた。

道謙は目を細める。

「どうやら、分かったようじゃな」

信政は、薫子に顔を向けた。

信平を見ている薫子は、悲しそうな顔をしている。

鈴蔵から京の様子を聞いた薫子は、己のせいで罪なき者たちが殺されるのは忍びないと道謙に訴え、越後の下にくだるのを望んだ。

だが道謙は、薫子の目をじっと見つめて、胸に秘めた本音を悟ったのだ。

「下御門の前で命を絶つつもりか」

薫子は答えなかった。

そこで道謙は、そなたが命を絶ったところで、下御門は野望を捨てぬと諭していたのだ。

信平が薫子を連れに来ることも予測していた道謙は、

「そろそろ来る頃じゃ」

そう信政に述べて筆を走らせ、一足先に庵を出ていたのだ。

「父に、居場所を伝えとうございます」

不安そうに訴える信政に、道謙は真顔で応じる。

「その必要はない。そなたの父は、ふふ、ああ見えて狸《たぬき》よ。わしが隠れると見越したうえで、山にのぼってきたのじゃ」

「意味が、よう分かりませぬ」

「あ奴め、わしに甘えて越後を誘いおったのじゃ。現に今、襲うた曲者の一人を、あえて逃がしたではないか。今頃は、鈴蔵が跡をつけておろう」

信政は言われて初めて分かり、動揺した。

「しかし師匠、隠れ場所を失いました」

「ふっふっふ、鞍馬《くらま》とこの叡山の他にも、よい場所がある。薫子、しばし山をゆくゆえ、弟子の背中に乗りなさい。信政、そこへしゃがめ」

従った信政は、薫子に背を向けてしゃがんだ。

薫子は恥じらいを見せるも、道謙に促されて、信政の背中に身を預けた。

立ち上がった信政は、薫子を落とさぬようしっかり足を持ち、獣道を上がる道謙の後ろに続いた。

やがて道謙は、急峻《きゅうしゅん》な岩場をのぼりはじめた。

まったく歳を感じさせぬ健脚ぶりに遅れぬよう、岩場を見上げた信政は、薫子に告げる。

「落ちないように、しっかりつかまっていてください」

薫子は小声ではいと答え、信政の胸に両腕を回した。

信政は、薫子のぬくもりを背中に感じつつ岩場に足を踏み入れ、岩から岩に飛んで道謙を追ってゆく。

薫子は下を見てしまったのか、腕の力を増して、信政の背中に頰を寄せた。

四

夜になって鷹司家に戻ると、井伊が待っていた。

客間で向き合うなり、井伊はじっと信平を見つめて言う。

「その顔は、薫子を連れてこられなかったようだな」

信平は、控えている頼母を見た。頼母は真顔で頭を下げる。

井伊は頼母を気にする様子で、信平に問う。

「どうするつもりだ」

「山で襲ってきた越後の配下を、鈴蔵に追わせている。居場所が分かり次第、捕らえにまいる」

正直に答えた信平に、井伊は両手をついて膝行《しっこう》し、顔を突き合わせた。

「それでは手ぬるい。約束の日に現れた敵を、わしに攻めさせてくれ」

井伊は、自信に満ちた面持ちで顎《あご》を引き、同意を求めた。

信平は迷った。

すぐに返答しない信平に、井伊が真顔で告げる。

「ならば、越後の根城が分かれば知らせろ。兵で囲んで一気に潰す」

井伊が必ず知らせろと念押しして帰ろうとしたところへ、鈴蔵が戻ってきた。

庭で片膝をついた鈴蔵が、井伊に頭を下げ、控えていた佐吉に耳打ちする。

応じた佐吉が、座敷に入って信平のそばに座した。

「不覚を取ったそうです」

「気付かれたのか」

「道で待っていた越後めが、戻った配下を容赦なく斬り捨て、隠れていた鈴蔵に聞こえる声で、薫子と会うのを楽しみにしていると、殿に伝えるよう告げて馬で去ったそうです」

「手を読まれていたか」

ぼそりとこぼした信平は、井伊を見た。

難しい面持ちで佐吉の話を聞いていた井伊は、腕組みをして信平の目を見つめる。

「薫子を渡さねば、民を何人殺すか分からぬぞ」

「師匠は、薫子を決して渡してはくださらぬ」

「では、どうする」

うんと言え、という目顔を向けられ、信平は告げる。

「麿が一人で行くしかあるまい」

佐吉と頼母が驚いて顔を見合わせ、佐吉が口を開く。

「殿、ここは土佐守様がおっしゃるとおり、兵で囲んで逃げ道を断ち、一気に攻めるべきです」

信平は佐吉を見た。

「鈴蔵一人の動きを読まれていたのだ。多くの兵が動けば、越後は必ず気付く」

引く佐吉に代わって、頼母が口を挟んできた。

「では、夜陰に紛れて動いていただくのはいかがでしょうか」

「なるほど、夜か……」

信平よりも先に口を開いた井伊は、天井を見つめて考える顔をしていたが、押し黙ってしまった。

信平は案じた。

「越後が気付いて現れなければそちらのほうが厄介《やっかい》ゆえ、兵は動かさないでくれ」

井伊は、不敵な笑みを浮かべた。

「まことに、一人でやるつもりか」

「今は、その手しか思いつかぬ」

「殿……」

心配する佐吉に、信平は顔を向けた。

「越後の狙いは、麿でもあるはず。一人でまいれば、あの者は逃げまい」

井伊は呆《あき》れた。

「まことに公家《くげ》の血が流れておるのかと疑いたくなるほど、豪気《ごうき》な男よの。金峰山での戦いぶりを聞いたが、武家顔負けの武者ぶりだ」

信平が微笑を浮かべると、井伊も口角を上げて応じた。

要求の日、信平は一人で、鳥羽の七本松に来た。

まだ明け六つにはしばしあり、東の空が明るくなりはじめたばかりだ。周囲は田畑と雑木林ばかりで、家はない。遠くに望む巨椋池《おぐらいけ》からは靄《もや》が上がり、羽を休めていた水鳥が飛び立った。

七本松は、田畑に囲まれた丘の上に見える。旅人への道しるべか、それとも古《いにしえ》の豪族を弔《とむら》うための塚なのか、信平は知らぬ。

丘は人の手によって整えられており、草は伸びていない。

周囲に視界を遮る物はなく、井伊が兵を向けていれば、すぐに見つかっていただろう。

たった一人で、越後と一戦まじえる覚悟の信平は、丘に上がり、三本目の松の根元にある岩に腰かけた。

眼下の畑には藁《わら》が敷かれ、作付けされたばかりの緑が、朝露に青々としている。

馬の嘶《いなな》きが聞こえた。

立ち上がってその方角を見ると、陣羽織《じんばおり》を着け、総髪を後ろで束ねた越後が跨がっている。その後ろには三十数人の兵が続き、薫子を迎えるための物であろう牛車もある。

行列は道を曲がり、七本松に近づいてきた。

信平が丘の上に立つと、四人の兵が前に出てきて、越後を守った。

丘を上がった兵が、槍を向けて信平を囲む。馬を降り、丘に上がってきた越後が、一人でいる信平に厳しい目を向けた。

「薫子様はどうした」

信平は無言のまま、狐丸の鯉口《こいぐち》を切って答えとした。

兵が四方から穂先を向けた時、越後が大音声をあげた。

「よう見よ！」

声に応じた兵が牛車に取りつき、町人の身なりをした女四人と男児三人を出し、丘に連れて上がった。

恐怖に満ちた顔をしている七人に、兵たちが刀を向けている。

越後は、色白の顔に鋭さを増して告げる。

「鯉口を戻して捨てろ」

信平は越後に厳しい目を向けた。

「罪なき者を巻き添えにするのはよせ」

越後は三十代の顔に嘲笑《ちょうしょう》を浮かべた。

「指図するのがどちらか、分かっていないようだな。一人首を刎ねよ」

無理やりひざまずかされた女が悲鳴をあげ、兵が刀を構える。

「待て」

信平は狐丸を鞘ごと抜き、足下に置いた。

兵が刀を下げて女から下がり、別の兵が狐丸を奪った。

越後が信平に鋭い目を向ける。

「おれを見くびるな。左の隠し刀もだ」

越後の前で使ったことはないが、知れ渡っているようだ。

信平は言われるまま刀を腕から外し、地面に置いた。

四人の兵が穂先を近づけ、別の兵が信平の後ろから近づき、縄を打った。

身動きを封じられた信平に、越後が厳しく告げる。

「薫子様の居場所を言えば、命だけは助けてやる」

信平の脳裏にふと、妹のお絹を自らの手で殺《あや》め、薫子を奪われるのを阻止した肥前の死にざまが浮かんだ。途端に怒りが込み上げた信平は、越後に告げる。

「銭才の思うようにはさせぬ」

越後は信平を睨んだ。そして、女子供に告げる。

「聞いたか。信平は、罪なき民の命よりも、我らから奪った薫子様を選んだ。そのほうらは、信平のせいで殺されるのだ。吊《つ》るせ」

越後の命令に応じた兵どもが、泣き叫ぶ女と子供の首に縄をかけて松の木に連れて行き、枝に吊るそうとした時、刈り倒されたままになっていた枯れ草が盛り上がり、現れた十数人の忍びが吹き矢を放った。

突然の出来事に何もできぬ兵たちは、首や額に矢が突き刺さり、斬り込む忍びに倒される。忍びはすぐさま女子供を助けた。

「おのれ！」

怒気を吐いた越後は太刀を抜き、襲いかかった忍びを一刀で斬り伏せ、信平に切っ先を向ける。

身動きを封じられている信平は、槍を向ける兵の攻撃をかわして下がった。

信平を守らんとした忍びが槍兵《そうへい》を斬り伏せ、越後に斬りかかる。

刀を弾き上げた越後は、返す刀で忍びを斬って捨て、信平に向かってくる。

忍びに縄を切られた信平は、忍び刀を受け取って越後の一刀を受け止め、擦り流して背中に打ち下ろす。

太刀で受け止めた越後は、力で押し返し、幹竹割りに打ち下ろす。

信平はかわしざまに、刀を一閃する。首を狙った一刀は弾き返され、刀身が折れ飛んだ。

嬉々とした目をした越後は、信平に襲いかかろうとした。だがその時、放たれた一本の矢が横から飛んできた。早く反応した越後が斬り飛ばし、二本目の矢を身軽に後転してかわし、矢が放たれたほうを見る。

信平も見ると、赤い甲冑に陣羽織を着けた井伊が、大弓に矢を番えている。その背後の雑木林から、枯れ草で偽装した伏兵が出て、越後の兵と戦う忍びに加勢した。

井伊選《え》りすぐりの精鋭たちが、越後に襲いかかる。

越後は応戦し、瞬く間に五人を斬って倒した。そして信平に向いて八双《はっそう》に構え、大音声の気合をかけ向かってくる。

「信平様」

忍びから声をかけられた信平は、投げられた狐丸を受け取って抜き、斬りかかってきた越後の太刀を弾き返した。

鋼《はがね》と鋼がかち合う音が響き、越後の太刀が折れ飛んだ。

飛びすさって信平の返す刀をかわした越後は、顔に悔しさをにじませてさらに下がり、兵に守らせて告げる。

「このまま終わると思うな」

背を向けて走った越後は、またしても馬を駆って逃げるつもりだ。

信平は追おうとしたが、兵たちが槍と刀で襲いかかってくる。

行く手を阻まれた信平は、槍の穂先を切り飛ばして兵を倒し、斬りかかる刃をかわして胴を斬り、突き進む。だが、越後は馬に飛び乗り、鞭打《むちう》って馳せた。

信平は、丘を駆け上がってきた井伊から大弓を借り、矢を番えた。

駿馬《しゅんめ》で逃げる越後に狙いを定め、空に角度を付けて放つ。

放たれた矢は山形に飛び、土埃《つちぼこり》を上げて遠ざかる馬を追うと、黒い人影に吸い込まれた。

額に手を当てて見ていた井伊が、信平に問う。

「当たったのか」

「手応えはあった」

信平はそう答えるが、越後を乗せた馬は走り去り、見えなくなった。

信平は弓を返し、頭を下げた。

「おかげで助かりました」

井伊は微笑む。

「頼母の言葉で思いつき、夜のうちに来ておったのだ。それにしても、おぬしらしくもない無謀な真似《まね》をしたものだ。奴が人質を連れているとは考えなかったのか」

「考えはしたが、これしか手がなかった」

「佐吉から、肥前兄妹《きょうだい》のことを聞いたぞ。怒りにまかせて動くのは、今日限りにしろ」

冷静を欠いているのは、自分でも分かっていた信平は、返す言葉もない。

井伊が肩をたたいた。

「まあいい。これからどうする」

「銭才を追って江戸に戻りたいが、御公儀から許しがあるまで動けぬ」

「では、沙汰《さた》があるまで、わしと共に京を守ってくれ」

応じた信平は、捕らえられていた七人の女子供を連れて京に戻り、鷹司家に帰った。

京を動けぬ信平は、一通の文をしたためて鈴蔵を呼び、差し出した。

「これを、急ぎ松《まつ》に届けてくれ。麿が戻るまで、善衛門《ぜんえもん》とお初《はつ》と共に屋敷を頼む」

「承知しました」

受け取った鈴蔵は懐《ふところ》に入れ、赤坂の屋敷に走った。

五

数日後、江戸は小雪がちらついていた。

江戸城大手門《おおてもん》前にある酒井雅楽頭忠清《さかいうたのかみただきよ》の屋敷では、朝から幕閣たちが集まり、銭才が江戸に向かっているとの知らせに対する議論を重ねていた。

特に熱く語っているのは、若年寄《わかどしより》の木南甲賀守《きなみこうがのかみ》だ。木南は、江戸には必ず、銭才に手を貸す者がいる。この者を暴き、銭才が江戸で暗躍するのを防ぐよう訴えていた。

これに対して、同じ若年寄の立場にある堀田備中守《ほったびっちゅうのかみ》がいち早く賛同する声をあげた。

「御大老、その役目、是非ともそれがしにお申しつけください」

酒井が口を開く前に、木南が怒った。

「堀田殿、邪魔をされるな。御大老、それがしが言い出したことゆえ、それがしにおまかせください」

「いいや、それがしこそが適任です」

引かぬ堀田と木南の板挟みになり、酒井は煮え切らぬ。

見かねた老中首座の稲葉美濃守正則《いなばみののかみまさのり》が口を挟んだ。

「二人とも落ち着け。銭才に与する者を見つけ出すと申すが、そもそも、誰かに目星をつけておるのか」

堀田が稲葉に膝を転じ、不機嫌そうに応じる。

「それが分からぬから、今より探し出すのです」

すると木南が笑った。

「それがしには、思い当たる者がおります。御大老、それがしにおまかせを」

酒井は一度稲葉を見て、木南に微笑む。答えを出すのかと思えばそうではなく、黙って見守るだけの男に顔を向けた。

「大垣《おおがき》能登守、そのほう今日はやけに大人しいが、どう思う」

大垣が膝を転じ、やや頭を下げて口を開いた。

「銭才めが今どのあたりにおるか、つかめておりませぬ。まずは、そちらを優先すべきかと存じます」

木南は大垣を見もせず黙っている。

酒井は、大垣に問う。

「そのほうは、木南の考えをどう思う」

「木南殿は、誰かに目を付けておられるご様子。そちらはおまかせしてよろしいかと存じます」

酒井はうなずき、木南に問う。

「甲賀守、おぬし一人で、どのように動くつもりか申してみよ。それ次第で決める」

すると木南は、首を横に振って見せ、

「銭才は人を引き付ける魅力がございます。よって、この中にも奴に陶酔し、徳川を裏切っている者がおるやもしれませぬゆえ、今は申せませぬ」

そう答えると、皆を順に見た。

座敷に集まっていた十六人の者たちが驚いた表情となり、中には、

「無礼ですぞ」

短気を起こして声を荒らげる者がいる。

木南は動じず、酒井に告げる。

「裏切り者は、銭才が入府する前に、この甲賀が必ずや捕らえてご覧に入れます」

自信に満ちている木南に、酒井はうなずいた。

「では、そのほうにまかせる。他の者は、手を尽くして銭才の行方を捜せ。決して、江戸に近づけてはならぬ」

一同が声を揃えて応じ、合議は終わった。

皆が大廊下に出る中、木南は膝行して酒井と稲葉に近づいた。そして、二人に何かを告げている。

三人は、銭才に与している者が、帰る者たちのあいだから見ているというのにまったく気付かず、語り合っている。

集まっていた幕閣たちが酒井屋敷から出て、各々《おのおの》の屋敷に帰っていった。

それから遅れること四半刻《しはんとき》（約三十分）。木南を乗せた大名駕籠が表門から出てきた。

外は夜の帳《とばり》が降りている。

二十四人の家来たちが駕籠の前後を守り、屋敷がある神田《かんだ》に向かって進みはじめた。

酒井屋敷の東側を北に向かい、神田橋御門から出て真っ直ぐ進み、神田川に架かる橋の手前にさしかかった時、橋の袂《たもと》にある辻番《つじばん》の明かりが消えた。

不審そうな面持ちをする家来たちだったが、止まらず進む。すると、中から出てきた男が、行列の行く手を塞いで立った。

ちょうちんを持った露払《つゆばら》いの家来が前に進んだ。

「無礼者！　そこを……」

どけと言う間もなく、抜刀術で喉を一閃されてしまい、目を見張った家来は両手で首を押さえて倒れたが、程なく絶命した。

行列が騒然となる中、落ちて燃えるちょうちんの火に、赤い羽織に黒の袴《はかま》を着けた長髪の曲者が浮かぶ。

曲者は右手に太刀を下げ、歩みを進める。

「殿をお守りしろ！」

叫んだ家来三人が、刀を抜いて曲者に向かう。

振り上げて斬りかかる一刀をかわした曲者は、胴を払い、次の家来が打ち下ろした刀を弾き上げ、返す刀で額を斬る。刀を振り上げて止まる三人目に切っ先を向けた曲者は、無表情で迫る。

その凄《すさ》まじい剣気に打ち勝たんと気合をかけた家来が斬りかかるも、空振りし、胴を斬られて突っ伏した。

無言で無表情の曲者は、次々と斬りかかる家来の刀をことごとくかわし、あいだを縫うように進みながら斬り倒してゆく。いくつも落ちて燃えるちょうちんの火に白刃が煌《きら》めくたびに、悲鳴と呻き声があがり、通りの地面が赤く染まってゆく。

燃えるちょうちんの火がすべて消えそうになった時には、あるじの駕籠を守るのは十人だけとなった。

腕に覚えのある馬廻り衆たちが、羽織を捨て、下げ緒を手早く襷掛けして刀を構えた。

その背後の駕籠から木南が降り立ち、家来から己の刀を受け取り、曲者に問う。

「誰の差し金だ。銭才か、それとも裏切り者か」

曲者は、歳の頃は二十代か。顔は無表情だが、切れ長の目はどこか寂しさを含んでいる。

念流《ねんりゆう》を極めている木南は、問いに応えぬ曲者の目を見て、馬廻り衆をどけて前に出た。

守ろうとする馬廻り衆を下がらせた木南は、羽織を捨て、雪駄《せつた》を飛ばして右足を前に出し、抜刀して正眼《せいがん》に構えた。

対する曲者は、太刀を下段に構えた刹那、猛然と迫った。

木南は、斬り上げてきた一刀を打ち押さえると、刀身を素早く転じて曲者の肩めがけて斬り下ろした。

曲者は、木南渾身の一撃を弾き上げ、額を斬った。

呻いて下がる木南の胸を突き、目を見張った木南の顔を、感情のない目で見据える。

「おのれ！」

叫んだ馬廻り衆が背後から斬りかかった。

曲者は木南の胸から刀を抜きざまに、家来の胴を払う。

木南と抱き合うように倒れた二人を見もしない曲者は、動揺する九人の家来に迫る。

悲鳴と呻き声が通りに響き、九人は手傷ひとつ与えられぬまま斬殺された。

静まり返った通りに人気《ひとけ》はなく、木南と家来たちの骸が横たわっている。

懐紙《かいし》で刀身を拭った曲者は鞘に納め、足早にその場を去った。

神田川に架かる橋には、凶行を見ていた町の男が二人いたが、曲者が橋に近づくと悲鳴をあげて逃げていく。

川下に向かった曲者は、岸に着けていた舟に飛び乗った。

舟の後ろ側で、手下に守られて乗っているのは成太屋源治郎《なるたやげんじろう》だ。

成太屋は手下に舟を出させ、前を向いて座した曲者に笑みを浮かべて声をかける。

「三倉内匠助《みくらたくみのすけ》の太刀を授けられるだけのことはありますな。お見事です。大和《やまと》殿が動かれたということは、いよいよ銭才様も、本気になられたご様子」

大和と呼ばれた男は何も答えず、無表情で川面《かわも》を見つめている。

木南の一行が惨殺された通りでは、ようやく騒ぎの声があがったものの、川風でかき消された。

舟は足を速めて進み、やがて暗闇に溶け込んで見えなくなったのだが、追う者の影はどこにもなく、両岸はひっそりとしていた。

第二話　卑劣な越後

一

若年寄木南甲賀守の死は、公儀に衝撃を与えた。

大老酒井雅楽頭が幕閣を集めて対応に追われる中、本丸中奥御殿の座敷では、将軍家綱が、信平を一刻も早く江戸に呼び戻すよう命じ、応じた側近が、幕閣たちに告げるべく下がった。

家綱は、次の間に正座している森能登守に顔を向けて告げる。

「甲賀守を暗殺したのは一人だと申すはまことか」

森は真顔で顎を引く。

「おそらく、銭才の十士と言われる者の一人かと。これまで確実に倒したのは七人でございますゆえ、残るは三人。ただいま探索を続けてございます」

「そなたの配下は大勢命を落とした。十士については、信平が戻るまで無理をせず、銭才に寝返っておる者を突き止めよ」

「はは」

森は頭を下げ、改まって口を開く。

「おそれながら、申し上げたき儀がございます」

家綱はうなずく。

「聞こう」

「甲賀守殿の死はおそらく、銭才と密約をかわした者が先手を打ったのでございましょう。これは、裏切り者がすでに、己の屋敷内へ銭才の兵を隠している証《あかし》ではないかと存じます」

家綱は驚いた。

「では、雅楽頭に命じて、城に兵を集めさせたほうがよいか」

「難しいところです。兵を集めれば市中に混乱が生じ、敵が乗じて動く恐れがございます。ここは、直ちに上様の名をもって大名家へ立ち入り、銭才の兵を入れておらぬか検《あらた》めさせるべきかと存じまする」

家綱は眼差《まなざ》しを下げ、しばし考えていたが、首を縦に振らなかった。

「銭才に与しておらぬ大名への疑いは、徳川への不信に繋がり、謀反を呼ぶ恐れがある。調べるなら、気付かれぬようにしたほうがよいと思うが、どうか」

それでは時がかかると言いたい森だったが、甲賀守の死は、大名に動揺を与えているのは確かだ。森は家綱の考えに従い、城をくだった。そして家来たちに、兵力を欲する銭才が近づきそうな外様の大藩を探るよう命じた。


江戸城から遠く離れたとある場所に、森に囲まれ、人目につかぬ屋敷がある。

漆黒の壁に囲まれた部屋に燭台《しょくだい》が四台置かれ、大蠟燭に火が付けられている。しかし明かりは、上座にあぐらをかいている銭才の姿をはっきり照らさず、下座に正座している家来たちからは、黒い人影にしか見えぬ。

家来たちの中央に正座し、銭才と向き合っていた近江は、金峰山の戦いとその顚末《てんまつ》を話していたのだが、終わりに、薫子の今を告げた。

銭才は何も答えず、黒い人影は微動だにしない。だが近江は、はっきりと銭才の怒りを感じ取っている。

驚きの声をあげたのは、共に話を聞いていた成太屋源治郎だ。

話し終えたばかりの近江に、成太屋がもう一度告げるよう促す。

近江はそんな成太屋を見もせず、銭才に両手をついた。

「薫子様が、宮中からお姿を消されました。捜しておりますが、行方がつかめませぬ」

成太屋が不安そうな顔を銭才に向けて訴えた。

「どうなさいます。薫子様がいらっしゃらなければ、大義名分が立ちませせぬぞ」

銭才は近江に激怒するかと思いきや、くつくつと笑った。

驚く成太屋が、近江を見た。

近江は目を合わせようとせず、黒い影の銭才に真顔を向け、言葉を待っている。

ひとしきり笑った銭才は、やおら立ち上がり、明かりが届く場所に歩み出た。朱色の着物に漆黒の袴を穿き、黒羅紗の陣羽織を着けた姿は、京で見せていたような弱々しい老翁《ろうおう》の面影はなく、生気に満ちていた。

銭才は近江の前に立ち、白濁した左目を成太屋に向けた。

「案ずるな。薫子を取り返す手はある」

低く通る銭才の声と、余裕の表情を見た成太屋の顔から焦りが消え、探る面持ちとなった。

「何か、仕掛けがあるのですか」

「まあ、見ておれ。それより、赤蝮のほうはどうなっておる」

成太屋は、恐れた表情になった。

「手を尽くしておりますが、甲賀守とは違い、正体をつかめませぬ」

「では、これよりは大和と共に動け」

大和に笑みを向けた成太屋が、銭才に答える。

「大和殿がお力を貸していただけるなら、千人力です。必ず見つけ出して、潰してやりましょう」

銭才は近江に顔を向けた。

「信平は、どうなっておる」

「まだ京におりますが、家綱が呼び戻せと命じ、今朝方早馬《はやうま》が出ました」

「では、わしの邪魔をした罰を与えねばなるまい」

銭才から厳しい目で見下ろされた近江は、下がって両手をつき、言上した。

「例の者が、よい具合になっております。これを使わぬ手はないかと存じます」

銭才は白濁した左目を細めた。

「許す。ぬかるなと告げよ」

「はは」

近江が下がると、銭才は蠟燭の火を見つめた。

「信平め、思い知るがよい」

不気味な笑みを浮かべる銭才を見た成太屋は、恐れた面持ちになり、顔をうつむけた。

二

「ああ、もう疲れた」

五味正三《ごみしょうぞう》は、ため息まじりの声を吐き捨てて道端に止まり、両膝に手を当ててかがんだ。

北町奉行から、近頃市中を騒がせている盗っ人を必ず捕らえるよう命じられ、一晩中町を歩いて朝を迎えたのだ。

供をしていた同心が、半分笑いながら歩み寄る。

「市谷《いちがや》と牛込《うしごめ》は坂ばかりですから、慣れないと足にきますな。しかし昨夜は深川《ふかがわ》に出てくれてよかった。我らの持ち場からは離れていますから、お奉行に叱られなくてすみます」

盗っ人を取り逃がして叱られる同輩を見て恐れ、町の安寧《あんねい》よりも己の身を案じる同心に、五味はまたため息をつき、がっくりと首を垂れた。

「もういい、おぬしは先に帰れ」

同心は嬉《うれ》しそうな顔をした。

「よろしいのですか」

「今夜も見廻りだ。よく眠っておけ」

「はい。ではお先に」

頭を下げ、恋女房が待つ組屋敷に走る同心を見送った五味は、赤坂《あかさか》に足を向けた。

歩いているうちに機嫌をなおし、

「疲れを取るのには、お初殿の味噌汁《みそしる》が一番」

などと独りごちて足を速めた。

まだ夜が明けたばかりの道には人気が少ない。

ようやく寒さがゆるんだ時季、江戸の町には珍しく霧が出ていた。

赤坂御門を出て信平の屋敷に向かっていると、武家に奉公していると思《おぼ》しき若い女の二人連れが、塀の下で倒れている者に声をかけていた。

五味が歩きながら見ると、倒れている男は白髪《しらが》で、上等な着物を着ている。

身なりで人となりを判断するところがある五味は、声をかけた。

「急な差し込みか」

すると、侍女らしき二人組が顔を向け、紫房の十手《じって》を見た一人が告げる。

「わたくしたちは先を急ぎますから、町方におまかせします」

愛想悪く、奉行所与力を見くだした物言いで押し付けた二人は、五味の返答を待たず足早に去ってしまった。

五味は不服を言うでもなく、男に歩み寄った。

「おい、大丈夫か」

声をかけて仰向けにさせると、頰がこけており、苦しむ顔は重い病に見えた。

「待っていろよ。自身番に行って人を呼んでくるから」

励まして行こうとした五味だったが、男が手をつかみ、懇願《こんがん》した。

「も、漏れそうです」

「何が」

「で、ですから、うう」

腹を押さえるのを見た五味は、はっとした。

「大か」

男は苦悶《くもん》の顔を何度も縦に振った。

「待て、ここで出すなよ」

五味は男を起こして立たせようとしたが、具合が悪そうで足にも力が入らぬ様子。

「すぐそこだから歩け」

肩を貸した五味は、男を信平の屋敷に連れて行き、門の前を掃き掃除していた八平《やへい》に声をかけた。

八平は聞こえないのか、振り向かず掃除に没頭している。

五味が近くまで行ってようやく振り向き、

「わあ、びっくりした」

声ではなく近くに立っていたのに驚いた。

五味は大声で告げる。

「厠《かわや》を貸してくれ」

「どうぞどうぞ」

八平は五味が連れている白髪男に笑顔を向け、潜《くぐ》り戸を開けた。

急いで厠に連れて行った五味は、用を足せば自身番に面倒を見させるつもりで待った。

程なく出てきた男が、安堵の顔で頭を下げる。

「おかげで助かりました」

言いながらよろける男を、五味は慌てて支えた。

「病を患っているのか」

「たいしたことではありませぬ。すっかりお手間を取らせてしまいました」

頭を下げて行こうとした男は、五味の前で倒れた。

「おい！」

声をかけたがぴくりとも動かず、気を失っている。

そこへ鈴蔵が通りかかった。

「五味殿、いかがされました」

「おお、いいところに来た。この年寄りに厠を貸してもらったのだが、気を失ってしまったのだ」

鈴蔵は、白髪男を見た。

「ずいぶん痩せていますね。病を患っているのでしょうか」

「おそらくそうだろう。表で行き倒れていたのだ。このままにはしておけんな」

五味は鈴蔵に手伝わせて、とりあえず八平の部屋に入れて横にさせた。

八平が近くに暮らす町医者を呼びに走り、鈴蔵は熱を出している男のために桶《おけ》に水を入れてきた。

五味は桶を受け取って鈴蔵に礼を言い、告げた。

「あとはやるから、役目に戻ってくれ」

応じた鈴蔵が出ていくと、男はゆっくり目を開け、桶の水に布を浸す五味の背中を見つめた。

振り向いた五味は、見られているのに驚いた。

「目がさめたか」

男は微笑む。

「申しわけありません」

「あやまることはない。ここは友の御屋敷だから、安心して休め」

布を額に当ててやった五味は、腹が減っているのか問う。

すると男は首を横に振り、痛そうな顔をして背中を向けた。

「すみません。背中の傷が痛むもので」

「怪我をしていたのか」

「商いで江戸に来る途中に、山賊に襲われたのです」

思わぬ言葉に、五味は驚いた。

「そのような目に遭っていたのか」

「はい。箱根《はこね》を越えて一息ついていたところを山賊に囲まれました。逃げようとしたのがいけなかったのです。刀で背中を突かれ、大事な荷物を取られました」

「よく生きていたな」

「通りかかった人に助けられ、近くの宿場で手当てをしてもらったのです。親切な宿のあるじが、無一文になった手前を泊まらせてくださったおかげで、七日後には痛みも取れました。長々と迷惑をかけまいとして、商いの相手がいる江戸に来たのですが、あと少しのところで、動けなくなってしまったのです」

五味は気の毒になり、眉尻を下げた。

「無理が祟ったのだ。どこに行こうとしていた」

「牛込にございます」

「まだ少しあるから歩くのは無理だ。医者を呼んだから、診てもらえ」

「手前のような商人が、お武家様の御屋敷で養生など、とんでもない」

男は起きようとしたが、痛みに呻いた。

五味は肩を押さえて止める。

「無理をするな。言っただろう。ここのあるじは友だ。今は留守だが、弱い者を助けるために命をかける情に厚いお方だから、安心して休め」

「ありがとうございます」

男が安堵の息を吐き、身体の力を抜いた。

五味は男の前に移動し、額に布を当ててやった。

白髪頭に、暮らしの苦労が皺《しわ》となって刻まれた顔を歪《ゆが》める男は息が荒い。

素姓《すじょう》を問うのをあとにした五味は、下がって正座し、静かに見守った。

八平が医者を連れて戻ったのは、四半刻（約三十分）後だ。

五味も顔見知りの若者は、近頃評判の、赤坂の町医者だ。

「俊平《しゅんぺい》、すまんな」

俊平は白い歯を見せて首を横に振り、さっそく男の傷を診た。

確かに背中を斬られており、傷は治っておらず膿《う》んでいた。

「賊に襲われたそうだ」

五味が教えると、俊平は困ったような顔をした。

「これはいけませんね。傷が深いです。得物は槍ですか」

問われた男は、眉間に皺を寄せ、呻くように答えた。

「刀を持っていたと思うのですが、何せ後ろから襲われたもので、よく分かりません」

「そうですか。確かに、深い傷の周囲を斬られてもいますね」

俊平の見立てに、五味が口を挟む。

「刀で突いて引けば、そういう傷になるのではないか」

俊平は険しい顔でうなずき、男に声をかける。

「痛くしますから、これを嚙んでいてください」

布を丸めたのを嚙ませた俊平は、腐りかけている皮膚を切り取った。

荒療治に男は呻き、額に脂汗を浮かべて耐えていたが、気を失った。

治療を終えた俊平が、五味に告げる。

「目をさまされたらこの薬を飲ませてください。明日には熱が下がると思いますが、無理は禁物ですから、二、三日休ませてあげてください」

「分かった」

治療代を肩代わりした五味は、八平にあとをまかせて部屋を出た。

「ということですからご隠居、二、三日お願いします」

五味から話を聞いた葉山《はやま》善衛門は、二つ返事では応じない。

「殿が留守の今、どこの馬の骨とも分からぬ者を置きとうない」

五味は眉尻を下げた。

「追い出してもし命を落とせば、化けて出られますよ。今でも、幽霊みたいな顔をしているんですから」

善衛門は目を見張った。

「気味の悪いことを申すな」

「俊平が動かすのは禁物だと言いますから、置いてやってください」

「誰だその者は」

「近頃評判の町医者です。若いですが腕は確かですから、言うことを聞かないとほんとうに死んでしまいます。わたしが面倒を見ますから」

このとおり、と手を合わせて懇願された善衛門は、それでも渋る。

「いつ銭才の手の者が来るか分からぬのだ。巻き添えになっても知らんぞ」

五味はおかめ顔を上げた。

「ほんとうに来ますか」

「かもしれぬ」

「だったら、なおさらいなきゃ。お初殿と二人で力を合わせて、お縄にしてやりますよ」

善衛門は考えた。

「確かに、今は一人でも多いほうがよいか」

「力になりましょう」

善衛門は顎を引く。

「分かった。休ませてやれ」

「ああ、よかった。安心したら急に腹が減ってきました。いい匂いがしていますな」

四つん這いになって台所を見た五味は、善衛門に訊《き》く。

「もう朝餉《あさげ》を食べられましたか」

「これからじゃ」

「では、お言葉に甘えて」

「まだ何も言うておらぬぞ」

「まあまあ」

嬉しそうな顔で正座した五味は、鈴蔵が膳《ぜん》を持ってきたのに驚いた。

「あれ、お初殿は？」

鈴蔵が膳を置いて答える。

「殿に呼ばれて、京に行きました」

「えー！　ご隠居、それを先に教えてくださいよ。せっかくお初殿と同じ屋根の下で過ごせると思ったのに」

「病人の面倒を見ると言うたのは、人助けではなくお初が目当てでか」

「そうではないですが」

「だったら、黙って食え。腹が減っては戦にならぬ」

今にも泣きそうな顔になった五味は、仕方なく箸《はし》を取った。

味噌汁のお椀《わん》を取ってため息をつき、

「わかめと豆腐はいつもの具ですが……」

一口すすって、目を見開いた。

「旨《うま》い。ご隠居も人が悪いな。お初殿の味じゃないですか」

「それはよかった」安堵したのは鈴蔵だ。「味を仕込まれましたから、奥方様にお出してきます」

「わはは」

笑った善衛門が、五味に教える。

「お初がな、今日あたり来るだろうから、おぬしに味見させるとよいと申しておったのだ。鈴蔵、よかったな」

「はい」

鈴蔵は、朝餉を奥に運ぶと告げて下がった。

首を伸ばして見送った五味が、善衛門に向きなおって言う。

「鈴蔵殿に料理の才覚があるとは知りませんでした」

「たかが味噌汁ではないか」

「何をおっしゃいます。お初殿の味は天下一品ですぞ。それをまったく同じに作るとは驚きですよ」

「ほーう、そうなのか」

善衛門は、さして気にする様子もない返事をして、飯を口に運んでいる。

五味は、味を確かめるようにもう一口飲み、

「やっぱり、お初殿の真心が籠もっていないから物足りないか」

などと言い、善衛門を呆れさせた。

医者の薬と、五味と八平の介抱により、旅の商人は二日後には熱が引き、粥《かゆ》を食べられるまで回復した。

「五味様、おかげさまで、力が出てきました」

これに対し五味は、げっそりした顔をしている。

お初が江戸にいないと思うと寂しく、京で危ない目に遭っていないか心配で、食事が喉を通らないのだ。

返答をしない五味に、男は八平と顔を見合わせた。

八平が袖を引っ張り、五味はようやく応じる。

「ああ、よかったな」

男は八平に粥が残った茶碗《ちゃわん》を返し、横になった。

五味が思い出したように問う。

「そういえば、まだ名を聞いていなかったな」

「これは、手前としたことがとんだご無礼を」

「起きなくていいから、そのまま、そのまま」

五味に甘えた男が、横になったまま神妙に告げる。

「手前は、清助《せいすけ》と申します。生まれも育ちも浜松《はままつ》城下で、女房と娘が作る反物《たんもの》を売ってございます」

「そうか。反物なら、御城下でも売れるだろう」

「へえ。一年のうち半分は御城下で商いをしておりますが、おかげさまで、女房の腕が江戸まで広まり、高値で買い取ってくれるのです」

「なるほど。それで来ていたのか」

「はい」

「その反物を取られて、気の毒だな」

男は、辛《つら》そうな息を吐いた。

「まったくです。一文にもなりませんから、角が生えた女房の顔を想像すると、家に帰るのが恐ろしゅうございます」

「賊に襲われて命があったんだ。怒るものか」

「旦那、手前の女房はそんなに優しい者ではありませんよ。言われた物を持って帰らないと、絞め殺されます」

五味は喉をさすった。

「大袈裟な」

「旦那、嘘じゃありません。こんな身体になってしまいましたし、捨てられるのじゃないかと思うと……」

「おい、泣くな。怪我が治れば働けるのだから、また稼げばよいではないか」

そこまで言った五味は、はっとした。

「待て、こんな身体とはどういう意味だ」

清助は、遠くを見る顔をして答える。

「右足が、思うように動きません」

「何！　昨日までそんなこと言ってなかったではないか」

「先ほど、自分の足で厠に行きましたが、右足がどうも……」

「動かしにくいのか」

「なんだか、痺《しび》れています」

「八平、急いで俊平を呼んでくれ」

大声に応じた八平は、医者を呼びに走った。

程なく来た俊平は、清助の身体を診て戸惑いの表情を浮かべた。

「どうなのだ」

問う五味に、深刻な面持ちで応じる。

「傷が、また膿んでいます。こんなのは初めてで……」

「薬が効かないのか」

「はい。足を動かしにくくなったのは、悪い血がめぐったせいかもしれません。熱もありますし」

さっきまでないと思っていた五味は、慌てて額に手を当てた。

「熱い」

横になっている清助は、目を閉じて息を荒くし、辛そうだ。

急変に、五味は焦った。

「先生、違う薬を試してみてはどうだ」

「傷の化膿《かのう》には、今より優れた物はありません」

俊平は、神妙な面持ちで頭を下げた。

五味が清助を見ると、げっそりこけていた頰骨が前より浮いたように思え、今にも死んでしまいそうだ。

「清助、負けるな。必ずよくなる」

清助は、五味の腕をつかんだ。力が入らぬ手を、五味が取ってにぎる。

「何か言いたいことがあるなら、遠慮をするな」

「先生は、いい薬を出してくださいました。手前は身体が弱いですから、傷に勝てなかったのです。でも……」

「でも、なんだ」

清助はきつく目を閉じ、顔を歪めた。

「孫娘の顔が見たい、このまま江戸で死にたくない」

目尻から涙がこぼれるのを見た五味は、胸が詰まって言葉にならなかった。

どうにかならないのか、という顔を俊平に向けると、俊平は口を引き結んで厳しい顔をして、首を横に振った。

よくなると思っていた五味は、次第に悪くなっていく清助の様子に戸惑い、

「あきらめてはだめだ。気をしっかり持て」

声をかけることしかできなかった。

三

善衛門は、八平の部屋にいる商人を気にしている場合ではなかった。銭才とその一味が江戸に向かっていると鈴蔵から聞いて、忙しくしていたからだ。

この日善衛門は、信平が戻り次第動けるようにするべく、領地から頼りになる者を呼ぶ段取りにかかった。

多胡郡岩神村《たこごおりいわかみむら》からは大海四郎右衛門《おおうみしろうえもん》。

長柄郡下之郷村《ながらごおりしものごうむら》からは宮本厳治《みやもとがんじ》。

多胡郡吉井村《よしいむら》の藤木義周《ふじきよしちか》。

この三人と家来たちを江戸に呼ぶことを、部屋に粥を持ってきた八平から聞いた五味は、水に浸した布をしぼるのを止めて顔を向けた。

「それはよかった。これで、屋敷の守りが堅くなる。いつ来るか、ご隠居は言っていたか」

「いつかは聞いていませんが、明日にでも使者を出すそうですから、近いうちでしょう」

八平は、横向きに寝ている清助の口に粥を入れてやり、こぼれたのを布で拭ってやった。

口を動かしている清助の目から涙が流れるのを見て、八平が慌てた。

「熱かったかね」

清助は首を横に振る。

ふたたび熱が出て今日で三日過ぎたが、いっこうに下がらない。

そんな清助が、痛みを堪《こら》えて座った。

「五味の旦那」

「無理をするな」

「いいんです。旦那に、お願いがあります」

「うむ。おれにできることならなんでもしてやるぞ」

「手前はもう、長くないようですから、置いてくださった奥方様に、死ぬ前に是非とも、お礼を申し上げとうございます」

「礼か……」

松姫まで話が行っているのだろうかと思う五味は、どうすべきか考えた。

信平の屋敷に勝手に連れてきておいて、気にするなとは言えぬ五味は、

「待っていろ」

そう告げて、善衛門のもとへ足を運んだ。

「というわけですが、ご隠居、どうします」

善衛門は、領地へ送る書状をしたためる手を止め、五味に渋い顔を向けた。

「その者の気持ちは分からぬではないが、奥方様には、わしから伝えておく。気にせず早う治せとゆうてやれ」

五味は涙ぐんだ。

それを見て、善衛門が眉根を寄せる。

「まことに、持ちそうにないのか」

「医者が手を尽くしていますが、よくない血が全身に回ってしまっているようです」

「刀傷を軽く考えて、宿場でしっかり養生をしなかったのが悪かったか。気の毒なことよ。浜松に家族がおるなら、今のうちに呼んでやったらどうじゃ」

善衛門の言葉に、五味は目を見張った。

「そうですね。女房が怖いと言うていましたから、死ぬなと言われれば元気になるかもしれません。呼んでやりましょう」

急いで部屋に戻った五味は、清助に伝えた。

「人を走らせて女房を呼んでやるから、それまで頑張れ。あきらめるなよ」

行こうとした五味を、清助が止めた。

「いけません。江戸までの旅は命がけでございますから、呼ばないでください」

「だがそれでは、女房が悲しむぞ。商家ならば、駕籠を雇う余裕はあるだろう。浜松からだと日にちはかかるが、それまで踏ん張れ」

元気をつけようとした五味だったが、清助は頑《かたく》なに拒んだ。

「山賊は、ほんとうに恐ろしいものです。女房まで襲われたら、死んでも死に切れませんから、どうか、おやめください。もう、死ぬなんて言いません。必ずよくなって帰りますから」

咳《せ》き込む清助に、五味は慌てた。

「分かった。分かったからもうしゃべるな」

「せ、せっかくのお心遣いを、すみません」

「いいからいいから、もう休め」

目をつむる清助の額に冷たい布を当ててやった五味は、回復を祈るしかなかった。

八平が、五味を気にして声をかけた。

「五味様、面倒はわたしが見ますから、お役目にお戻りください」

五味は笑みを向けた。

「それがな、ご隠居がお奉行に一筆送ってくれたおかげで、この者が起きられるまで暇をいただいたのだ」

「与力様なのに、盗っ人の探索をされなくてよろしいのですか？」

「奉行所は人手が足りているが、ここは人がおらぬからな。動けぬ病人を置いて奉行所に戻れとは、お奉行も言えないのさ」

「なるほど」

「領地から強い味方が来れば、探索に戻るさ」

五味は呑気《のんき》な口調で言って笑みを浮かべ、清助の看病を続けた。

だがその甲斐《かい》なく、清助は日に日に弱っていき、三日後には起きられなくなってしまった。

様子を見に来た俊平は、

「困りました」

焦り、自信をなくしかけている。

それでも、苦しそうな清助を前にした俊平は、あきらめず、新しい薬を試した。

四

清助はその後も、なんとか生きていた。御殿の裏向きにある居室にいた善衛門は、重い症状の清助を気にしている余裕はなかった。なぜなら、送り出した使者がとっくに領地に着いているはずだというのに、宮本たち家来が一人も来ないからだ。

さらに二日が過ぎても、宮本たちは来なかった。使者も戻らぬため不審に思う善衛門は、鈴蔵を呼んだ。

「三ヵ所の領地すべてから、なんの沙汰もないのは妙だぞ。何かあったとしか思えぬ」

鈴蔵はうなずいて応える。

「使者は雇った者ですが、確かにどこからも来ないのは妙です。これより拙者《せっしゃ》が、岩神村に行ってみましょう」

「そうしてくれ。道中、くれぐれも気をつけるのじゃぞ」

「承知」

鈴蔵はすぐ支度にかかり、朝餉をかき込んで屋敷を出た。

途中で馬を借りるつもりで急いだ鈴蔵は、元赤坂の町を抜けて、紀州《きしゅう》徳川家の屋敷沿いに紀伊国《きのくに》坂を上がり、四谷《よつや》を目指して堀端の道を急いだ。

建ち並ぶ武家屋敷を左側に、堀を右側に見つつ歩いていた鈴蔵は、ふと、背後から走ってくる足音に気付いて振り向いた。

黒塗りの編笠《あみがさ》を着け、着物と袴も黒で揃えた三人組が離れた場所を歩いていたのは知っていた鈴蔵であったが、その者たちは談笑していたため、このあたりの武家の者だろうと警戒をせず、先を急いでいた。その三人組が、人気のない場所に鈴蔵がさしかかるなり、襲ってきたのだ。

「しまった」

舌打ちをした鈴蔵は、人気が多い四谷の町を目指して走った。ところが、大名屋敷の土塀の角から、同じ身なりの二人組が現れ、こちらに向かってきた。

鈴蔵は立ち止まり、前と後ろを順に見る。

抜刀した五人は無言で迫ってくる。

強い殺気を感じた鈴蔵は小太刀を抜き、逆手ににぎって構え、二人組に向かった。

二人組の一人が打ち下ろす一刀をかわしざまに、小太刀を振るって相手の腕を斬り、背後を気にせず二人目に迫る。

二人目は刀を振り上げ、気合をかけて袈裟懸けに打ち下ろす。

鈴蔵は刃をかい潜り、相手の胴を斬ってすれ違うと、呻き声を背中で聞きながら走る。

三人が追ってくる声がしている。

鈴蔵は見もせず走り、とにかく四谷の町を目指したのだが、先ほど二人組が出てきた角から、もう一人出てきた。

逃げ場のない鈴蔵は小太刀を構え、その者に向かってゆく。

相手は太刀を正眼に構え、斬りかかった鈴蔵の小太刀を受け止めるなり、押し返して幹竹割りに打ち下ろす。

右にかわした鈴蔵は、空振りした相手の脇腹を斬った。そこへ、追い付いた敵が刀を打ち下ろし、鈴蔵は背中を斬られてしまった。

呻いて下がる鈴蔵を、三人が囲む。

小太刀を構えた鈴蔵は、背中の痛みに顔を歪めた。

三人は正眼に構え、じりじりと間合いを詰めてくる。

背後の者が気合をかけて斬りかかったのをかわした鈴蔵は、横手から斬りかかってきた一撃を受け止めたが、三人目が一閃した切っ先を腕に受けてしまった。

血が流れる右腕を見た鈴蔵は、小太刀を左に持ち替え、堀を背後に三人と対峙《たいじ》した。

大名屋敷の表門から人が出てきたのは、その時だ。

「何をしておる！」

声に応じた三人組は、刀を引いて走り去った。

怪我を負わせた三人も、追っ手を振り切って逃げている。

「浅手《あさで》だったか」

悔しがった鈴蔵は、駆け寄った藩士に信平の家来だと名乗った。

驚いた藩士たちが、手当てをすると言ってくれたのだが、

「急ぎ、戻らねばなりませぬ」

領地へ行くのをあきらめた鈴蔵は、痛みに耐えて、その場を去った。

追ってきた藩士たちが警固をすると告げ、一人が肩を貸してくれた。

上役と思しき藩士が、鈴蔵に問う。

「今のは、何者ですか」

「この世を二つに割ろうとたくらむ巨悪の手下です」

藩士たちには銭才の脅威《きょうい》が届いていないらしく、なんのことかと訊いてきた。

答える余裕がない鈴蔵は、江戸が危ないのだとだけ告げ、送りを断って屋敷に急いだ。

意識が遠くなりそうなのを必死に耐え、門まで戻った鈴蔵は、八平の手を借りて潜り戸から入ると、固く閉ざさせた。

善衛門の居室に裏庭から行くと、気付いた善衛門が大声をあげて駆け寄った。

「鈴蔵、誰にやられた」

「銭才の手の者かと。おそらく、先に出した使者は、領地に着いていないと思われます」

「見張られていると申すか」

驚く善衛門に、鈴蔵はうなずき、傷の痛みに呻いた。

「奥方様を、お守りください」

「案ずるな。今はしゃべってはならぬ」

善衛門は八平と二人で鈴蔵の部屋に連れて帰り、医者を呼びに走らせた。折よく清助を診に来ようとしていた俊平と表で会った八平が、引っ張ってきた。

鈴蔵の背中の傷は、鎖帷子《くさりかたびら》によって深手はまぬかれていたが、肋骨《ろっこつ》が何本か折れているという。腕の傷は深かった。

俊平が、神妙な面持ちで告げる。

「幸い出血は少ないですが、傷が骨まで達しているので、治るまでひと月はかかるでしょう。半月は、腕を動かしてはいけません」

善衛門が鈴蔵に告げる。

「奥方様は必ず守る。今はただ、殿がお帰りになるまで何もないのを祈るしかない」

鈴蔵は口を引き結び、善衛門に詫《わ》びた。

「拙者が迂闊《うかつ》でした」

「命があったのだ。今は傷を治すことだけを考えろ。先生、あとは頼む」

善衛門は俊平に託し、御殿に戻った。

五

「どうすべきか」

苦慮の声をもらしたのは五味だ。

清助の具合を診に来た俊平から鈴蔵の怪我を知らされ、善衛門のために役に立ちたいと思ったのだ。

清助は落ち着き、眠っている。

そこで五味は、俊平に告げた。

「すまぬが、おれが戻るまで清助を頼む」

快諾する俊平に頭を下げた五味は、善衛門がいる御殿に向かった。

「ご隠居、ご隠居！」

庭から声をかけると、腕組みをして考え込んでいた善衛門が迷惑そうな顔を向けた。

「大きな声を出さずとも聞こえておるわい。商人に何かあったのか」

五味は濡《ぬ》れ縁《えん》に近づいて告げる。

「清助は今落ち着いています。それより、鈴蔵殿が怪我をしたと聞きました。領地への道を教えてくれます？」

善衛門は眉間に皺を寄せた。

「まさか、おぬしが行く気か」

「ええ、そのまさかです」

「鈴蔵の話を聞いたと言うたばかりではないか。危ないからよせ」

「ここを使いますよ」

五味は指で頭を示して続ける。

「奉行所に戻るだけですから、襲わないでしょう。戻ったらお奉行に打ち明けて、人を借りて領地へ走らせます」

「おお、それはよい考えじゃ。頼まれてくれるか」

「他ならぬ信平殿のためになるのですから、喜んで。ではさっそく」

五味は笑って言い、表の脇門から外へ出た。

奉行所に帰るべく道を歩きはじめてすぐ、土塀の向こうに怪しい三人組が現れた。

「え、もう？」

思わずこぼした五味は、これ見よがしに紫房の十手を抜いて歩みを進めたものの、三人は向かってきた。

顔は編笠で見えないが、殺気を感じた五味は、別の道から行くべく振り返った。すると、反対の道にも、三人組がいる。

「まずい」

棒を持たせれば無敵だが、十手では鈴蔵に怪我を負わせた相手に勝てる気がしない五味は、脇門に飛び付いてたたいた。

「開けて！」

すぐに開けてくれた八平を押して中に入り、自分で閂《かんぬき》をかけて安堵の息を吐いた。

「危なかった」

八平が近づいて問う。

「まさか、外に曲者がいたのですか」

「そのまさかだ。知らぬ者が来たら、決して戸を開けるな」

八平は恐れた顔でうなずき、五味がかけた閂が確かか、己の手で確かめた。

五味は八平の部屋に行き、清助を診ている俊平に声をかけた。

「すまんが、今日は帰られんぞ」

俊平は驚いた。

「どうしてです」

「外に出れば、おぬしも殺されるからだ」

「えっ！」

絶句した俊平が、立ち上がってそばに来た。

「どういうことです」

「信平殿が戦っておる巨悪の手下が、屋敷を囲んでいる」

「まさか、そんな……」

「心配するな。おれが守ってやる。巻き込んですまぬが、辛抱《しんぼう》してくれ」

五味は厳しく言いつけ、善衛門の部屋に急いだ。

「ご隠居、鈴蔵を襲った奴らが表におりましたぞ」

善衛門は焦った様子で濡れ縁に出てきた。

「まことか」

「はい。出てすぐ、六人に襲われそうになりました」

「おのれ……」

善衛門は口をむにむにとやった。

「我らを屋敷に閉じ込めるつもりか。銭才の手の者がいつ攻めてくるか分からぬぞ。力を貸せ」

「喜んで。槍を貸してください」

応じた善衛門は座敷に入り、長押《なげし》から槍を取ってきて五味に差し出した。

受け取った五味は、一振りしてみる。

「おお、これはなかなかよい槍ですな」

「こういうこともあろうと支度しておいたのじゃ。殿が戻られるまで、なんとしても奥方様をお守りするぞ」

「おまかせください。槍があれば、怖い物なしです」

石突《いしづき》を地面について胸を張った五味は、表の曲者を捕らえてやると言ったのだが、善衛門が止めた。

「おぬしは槍を持つと人が変わるからいかん。ここは籠城だ。奥御殿を守るぞ」

「承知！」

大声で応じた五味は、墨染め羽織を脱ぎ捨て、襷をかけて張り切った。

善衛門が告げる。

「よいか五味。鈴蔵が怪我をした今、戦えるのはわしと、中井《なかい》春房《はるふさ》殿、そしておぬしだけじゃ。敵が来た時は、三人で奥方様を守るぞ」

五味はうなずいた。

「お初殿が留守でよかった」

「馬鹿者、弱気になるな。相手が誰であろうと、家光《いえみつ》公より拝領のこの左文字《さもんじ》で、成敗してくれるわ」

善衛門は宝刀左文字を抜き、唇を引き結んで刀身を見つめた。

五味が濡れ縁に腰かけて問う。

「ところでご隠居、台所におつうさんたちがいませんが、おなご連中は逃がしたので？」

「奥方様の命で、おなごたちは皆、屋敷から出した」

「では、奥方様もお逃げいただいたらいかがです」

善衛門は告げようとして、口を閉じた。俊平が来たからだ。

「いかがした」

問う善衛門に、俊平は恐れた顔で頭を下げ、遠慮がちに口を開いた。

「五味様から、ここが危ないのは聞きました。わたしたちは、どうなりましょうか」

五味が告げる。

「逃がしてやりたいが、外へ出れば命の保証はないのだ」

「でしたら、せめて薬を取りに帰りたいのですが、外にいる者に言えば、通してくれないでしょうか」

「どうかな。何せ奴らは、外との繋がりを断とうとして……」

そこまで言った五味は、思いついて善衛門に振り向く。

「そうだご隠居、お隣の紀州様に助けを求めてはどうです？」

善衛門は首を横に振った。

「お隣は人が減っておるし、声をかけても庭が広すぎて届かぬ」

「塀を越えられませんか」

「あきらめろ。外におる者どもには、わしが話をしてみる。俊平、清助を連れて家に戻ってくれるか」

俊平は、険しい顔をした。

「清助さんは、動かせません。今日明日が山です」

「何、そんなに悪いのか」

驚く善衛門に、俊平がうなずく。

「息が、途切れ途切れになってきましたから、危篤《きとく》と言っていいでしょう」

「では、おぬしだけでも通すよう、わしが話してみる」

「戻ってこられましょうか」

俊平の言葉に、五味がきょとんとした。

「何を申しておるのだ？」

「鈴蔵さんも心配ですし、危篤の清助さんを放ってはおけませんから、足りない熱冷ましの薬を取ったら戻ってきたいのです」

五味が善衛門を見ると、善衛門はうなった。

「さすがは医者だ、と言いたいところじゃが、命が消えようとしておる者より、おぬしの命を考えねばならぬ。ついてまいれ」

善衛門は俊平を連れて八平の部屋に行くと、門前が見張れる外障子を開け、格子越しに声を張り上げた。

「曲者ども、聞いておるなら姿を見せい！」

返答はなく、犬が鳴いた。

善衛門は構わず続ける。

「ここに医者がおる。使者に立てぬゆえ、家に帰らせてやってくれ。我らは逃げも隠れもせぬ。武士の情けじゃ。待っておる患者のためにも頼む。今から出すが、手を出さぬと返事をくれ！」

犬の鳴き声しかせず、善衛門があきらめて障子を閉めようとした時、

「承知！」

返答がきた。

「おるのか」

ぼそりとこぼした善衛門が、俊平にうなずいて告げる。

「行こうか。ただし、戻ってくるな」

「しかし……」

「死にたいのか」

厳しく言われて、俊平はうなずいた。

「分かりました」

「それでよい」

行こうとする善衛門に、五味が不安そうに告げる。

「奴らを信じるのですか」

「敵も武士なら、二言《にごん》はないはずじゃ。俊平、行くぞ」

俊平は勇気を出した面持ちでうなずき、清助を気にしながら部屋から出た。

善衛門が脇門まで行き、閂を外して少しだけ開け、外の様子をうかがう。

「よし、行け。どこにも寄り道せず。真っ直ぐ帰れ。帰ったら、しばらく外に出るな」

応じた俊平は、薬を箱ごと差し出した。

「いろんな薬が入ってございます。何に効くかも書いてございますから、お使いくださ い」

「よいのか」

「これくらいしか、お力になれませんので」

頭を下げる俊平から薬箱を受け取った善衛門は、微笑んで送り出した。

五味は心配で、長屋塀の部屋から帰る俊平を見た。

人気のない道をゆく俊平は、不安そうにあたりを見ている。だが、恐れた曲者は現れず、格子窓から案ずる五味の目の端から消えていった。耳を澄ましても、悲鳴は聞こえてこない。五味は部屋から出て、家来たちが使う門へ向かった。そこには善衛門がおり、門扉に耳を付けて外の様子をうかがっていた。

「どうですか」

「どうやら、通してくれたようじゃ」

門の戸締まりを確かめながら告げた善衛門は、薬箱を持って御殿に帰っていった。

五味は清助のもとへ戻った。清助は変わらず荒い息を吐き、苦しそうだ。

額に手を当てた五味は、布を水に浸して冷ましてやった。


その頃、赤坂の町まで帰っていた俊平は、後ろを付いてくる二人組の侍を気にしていた。

付かず離れずにいる二人組は、明らかに、俊平を見張っている。

「葉山様の言うとおりにしなければ」

ほんとうは、辻番に駆け込むつもりだった俊平だが、信平の屋敷に近い辻番は人気がなかった。後ろの二人組は、その辻番の横から出てきたのだ。

命惜しさに、町役人が詰めている自身番を素通りした俊平は、赤坂の家に帰ると戸締まりをして、雨戸も閉めた。隙間から表を見ると、一人が見張っている。裏はどうかと思い納戸《なんど》に行き、閉めていた雨戸の隙間からうかがう。すると、生け垣の向こうに、黒塗りの編笠がひとつ、動こうとしない。

一歩でも出れば殺される。

ごくりと喉を鳴らした俊平は、薬草を保管している部屋に籠もり、不安な時を過ごした。


その夜、五味は善衛門と中井の三人で、眠らずに奥御殿を守っていた。

いっぽう八平は、今にも息が止まりそうな清助を看取るべく、そばに座している。

だが、昼間の緊張と看病は歳を取った身体には厳しく、疲れからうとうとしはじめた。有明行灯《ありあけあんどん》がふっと消えたおかげで、八平は横になり、いびきをかきはじめた。

外障子が月明かりに青白く、六畳の部屋はほのかに明るい。その中で、ゆっくりと、音もなく起き上がる影があった。

危篤のはずの清助が、起きたのだ。

六

翌朝、何ごともなく夜が明けたのに安堵した五味は、大あくびをした。

「ご隠居、腹が空きましたね。奥方様の朝餉は、誰が作るのです。あれ、いい匂いがする」

風に乗ってきた味噌汁の匂いにいち早く気付いた五味は、立ち上がって裏庭に出た。台所から炊事の煙が出ているのを見て、善衛門に訊いた。

「八平が作っているのですか」

「うむ。八平はああ見えて、飯が作れるのだ」

「へえ。見てこよう」

五味が台所に行くと、八平が味噌汁を味見しているところだった。五味に気付いてぺこりと頭を下げ、笑みを浮かべる。

五味も笑った。

「清助の具合はどうだ」

「ええ、今朝は落ち着いていますよ」

「ほんとうか。それじゃ、峠を越したのだな」

「腹が減ったと言いますから、朝餉をこしらえるついでに、粥を」

鍋を上げて見せる八平は、なんだか嬉しそうだ。

五味も嬉しくなり、顔を洗うと言って、井戸に向かった。すると、善衛門と中井が先に洗っていた。

「清助が持ちなおしたそうです」

五味の声に顔を上げた善衛門が、布で顔を拭きながら応じた。

「それはよかった。では、外の者どもに、俊平のところへ連れて行かせよう」

「言うことを聞きますかね」

「俊平を通したのだ。関わりない者まで殺める気がないと見た。これを使わぬ手はない」

「さすがはご隠居、腹が据わっておりますな」

五味はそう言って、中井と笑みをかわした。

そこへ、八平が来た。

「葉山様、朝餉の支度ができました」

「うむ。まいる」

五味は驚いた。

「ご隠居、まずは奥方様ではないのですか」

中井が口を挟む。

「それは、わたしの役目です」

中井は台所に行き、膳を持って奥御殿に向かった。

庭で見送った五味は、鈴蔵に朝餉を持って行く八平と入れ違いに台所に入り、善衛門と並んで朝餉を食べた。

薄味の味噌汁は五味の口に合わなかったが、塩むすびと漬物はなかなかの味。

「ごちそうさま」

満足した五味は、粥を清助に食べさせてやろうと思い、立ち上がったのだが、急に、目が回った。

眉間をつまんで耐え、頭を振って歩こうとするも、足の力が抜けて横向きに倒れた。

「あれ……」

「おい、何をしておるのだ」

善衛門に言われて、五味が顔を向けた。

「なんだか、身体が変です」

「いかがした」

立とうとした善衛門も、尻餅《しりもち》をついて驚いた顔をした。

「どういうことじゃ」

「ご隠居、こいつは……」

五味は言いかけて、松姫を案じて板の間を這い、裏の廊下に出た。

善衛門も這って続き、大声をあげた。

「中井殿！　膳を捨てよ！　毒だ！」

五味が廊下の角を曲がると、中井が仰向けに倒れていた。こぼすまいとして置いていた膳を、善衛門の声に応じて、必死に庭へ落とそうとしている。

そこへ、八平が駆け付けた。

「や！　遅かった」

驚く八平に、善衛門が怒鳴る。

「どういうことじゃ！」

すると八平は、今にも泣きそうな顔で訴えた。

「湯呑《ゆのみ》の水を飲まれた鈴蔵さんが、痺れ薬が入っているとおっしゃいました」

「なんじゃと！」

善衛門がはっと目を見張った。

「井戸か！」

五味は驚いた。

「中井殿は水を飲まれましたが、おれとご隠居は口をゆすいだだけですよ。それに八平はなんともないようですから、違うんじゃ」

八平が言う。

「わたしは、水ではなく湯を飲み……」

言う途中で目を見開いた八平が、足が崩れるように突っ伏した。伸びた足下の壁から影が差し、台所のほうから現れたのは清助だ。手には鍋を持ち、粥を旨そうに食べて薄笑いを浮かべた。

五味がしゃべろうとしたが、もはや口さえ動かない。

そこへ、鈴蔵が来た。傷の痛みに顔を歪めながら、清助に近づこうとしたが、鈴蔵も痺れ薬にやられているらしく、地面に倒れた。

鼻で笑った清助が、鈴蔵に告げる。

「この醜い面だ、おれが誰か分からぬのも無理はない」

「だ、誰だ」

問う鈴蔵に、清助は笑みを消した。

「我は十士の一人、越後だ」

鈴蔵は目を見張った。

「まさか、馬鹿な」

「驚くのは当然だ。三十には見えぬからな。このようなざまになったのは、信平のせいだ。奴が放った矢を背中に受けて死ぬところであったが、明国《みんこく》の秘薬で命は助かった。だが、体中が焼けるように熱くなり、皮膚はただれ、髪は白くなった。どう見ても、醜いじじいだ。そうであろう」

鈴蔵は、歯を食いしばって立とうとしたが、越後に蹴り倒された。

越後は五味に向き、歩み寄って告げる。

「今にも死にそうだったおれが、どうして動けるのかと言いたそうだな」

言葉にならぬ五味が呻くと、越後は鼻先で笑った。

「信平のせいで死にかけた時のまま、演じたまでよ。あの俊平とか申す医者は、まんまと騙されおって、たいした医者ではないようだ。殺す価値もないゆえ、外の者が生かしたのだ。武士の情けなどではない」

善衛門に向いて嘲《あざわら》笑った越後が、だるそうに首を左右にかたむけ、手を上げて背筋を伸ばすと、善衛門のそばに落ちている左文字を取り、抜いて刀身を見つめた。

「これが家光からもらった刀か。よう斬れそうだな」

善衛門が呻き、身体をよじったのだが、越後が離れて告げる。

「まるで芋虫だ。案ずるな、痺れるだけで死にはせぬ。毒で殺してもよかったが、それではおれの気がすまぬからな。この刀でおぬしらの首を取って式台に並べ、戻った信平を迎えさせてやろう。奴には、このおれ様を苦しめた仕返しを、たっぷりしてやる。真っ先に目に付くところに、奥方の首を置いてな。ふふ、あはは。奴がどのような顔をするか、今から楽しみだ」

呻く善衛門に、越後が問う。

「奥方は、この奥におるのか」

善衛門が顔を歪めて呻き、五味は、なんとか動く右腕で越後の裾をつかんだ。

見下ろした越後が、異常な目つきで笑う。

「待っておれ。おれを屋敷に入れてくれたお礼に、奥方より先に殺しはせぬ。まあ、たいして差はないがな」

五味の手を蹴り離した越後は、左文字を肩に置いて、奥御殿に向かって廊下を歩んだ。

五味は涙を流しながら、動く右手で廊下を這ったのだが、善衛門が足をつかんできた。

顔を向けると、善衛門は顔を歪めて呻き、仰向けになった。だが、その手を離そうとしない。

動けぬ五味は廊下をたたいて悔しさをぶつけ、言葉にできぬ口で信平の名を叫び、すまないと詫びて泣いた。

七

五味の叫び声を背中で聞きつつ、奥御殿に渡った越後は、閉められている外障子に手をかけ、ゆっくりと開けた。

目に付いたのは、雅《みやび》な白綸子《しろりんず》の打掛《うちかけ》だ。

打掛で頭を隠し、震えてうずくまる姿に、越後は舌舐《したな》めずりをした。

中に入り、松姫の身体を見ながら頭のほうへ回った越後は、左文字を右手に下げて歩み寄る。そして打掛を剥ぎ飛ばし、色白のうなじめがけて左文字を打ち下ろすべく振り上げたその刹那、松姫が動いた。

「うっ」

呻いた越後は、信じられぬという目を下げた。腹に突き刺された小太刀をにぎる女が、鋭い目を向けている。

氷のように冷たい眼差しを見た越後は、悟った。

越後を突いたのは松姫ではなく、信平の知らせを受けて入れ替わっていたお初だったのだ。

「忍び者、であったか」

越後は恨みに満ちた顔をして、歯を食いしばった。

小太刀をにぎるお初の手首は、越後にがっしりとつかまれている。切っ先は、越後の腹を突いているが致命傷ではない。

越後は、高熱を出して生死をさまよっていた者とは思えぬ強い力でお初の手を押し、小太刀を抜く。

お初は顔を殴ったが、手首は離れない。逆に、左文字の柄頭《つかがしら》で額を打たれて倒れた。そこへ左文字が打ち下ろされる。

お初は横に転がってかわし、すぐさま飛びすさり、斬り上げられる二の太刀をかわす。

追った越後が、気合をかけて横に一閃した。

着物の袖を斬られたお初は、帯に隠していた手裏剣を投げ打つ。

左文字で弾き飛ばした越後が、猛然と迫る。

飛びすさったお初だったが、越後に胸を蹴られてしまい、障子を突き破って庭まで飛ばされ、仰向けに倒れた。すぐさま起きて飛びすさり、間合いを空けようとしたのだが、越後が迫り、首をつかんだ。

呻くお初は顔を殴ったが、越後には利かず、薄笑いさえ浮かべて力を込めた。

息ができぬお初は、腕を離そうとしたが取れない。意識が遠のきそうなところで、越後は突き放した。

倒れそうになるのを耐えて足を踏ん張るお初に、越後が左文字の切っ先を向けて問う。

「信平の奥方はどこにおる」

お初は答えなかったが、越後は不気味な笑みを浮かべた。

「言わずとも顔に描いてある。隣の紀州藩邸に逃がしたな」

お初は隙を見つけて、手裏剣を投げた。

だが越後は左文字で弾き飛ばし、前に出る。

お初は打ち下ろされた左文字をかわし、越後の後頭部を狙って回し蹴りをしたのだが、腕で受け止められ、膝を蹴られて倒れた。

お初の技が、越後には通じない。

越後が、嬉々とした目で告げる。

「そこで大人しく待っておれ。隣へ斬り込み、松姫の首を取ってきてやろう」

背を返す越後に、お初は飛びかかった。

越後はすぐさま反応し、お初は逆に胸を蹴られてしまい、大きく飛ばされた。

土塀の下で仰向けに倒れたお初は、起きようとして胸の痛みに襲われ、咳と共に血を吐いた。

越後がゆっくりと歩み寄り、

「面倒くさい女だな」

真顔で告げると、左文字を振り上げた。

斬られる。

お初が覚悟を決めたその時、空を切る音が頭上を飛び越えた。

越後は、迫る刃物を左文字で弾き飛ばした。そしてすぐさま飛びすさり、険しい目で刀を構えた。

お初の前に飛び下りてきたのは、白い狩衣。

「信平様……」

お初の声に、信平は横を向いて微笑む。

「遅うなった」

京より馬を馳せて戻った信平は、表を見張る曲者を打ち倒し、馬の背から飛んで塀に上がっていたのだ。

「おのれ信平！」

越後は恨みの声をあげ、斬りかかった。

信平は見もせず狐丸で弾き、間合いを空ける越後と対峙した。

土塀の外では、佐吉たちが他の曲者を相手に戦う声がする。

信平は、相手に探る眼差しを向ける。

「そのほうの声に、覚えがある」

「気付いたか。越後だ」

にたりと、不気味に笑う越後は、足を開いて低く構えた。

信平は己から動いた。

越後も前に出て、袈裟斬りに打ち下ろした。その目の前から、信平が消える。越後は追って左文字を一閃した。だが、狩衣の袖が舞った刹那に、背中を斬られた。

狐丸を一閃した信平に振り向いた越後は、左文字を振り上げたところで目を大きく見開き、仰向けに倒れた。

越後は起きようとしたが、身体から力が抜けた。息絶えたのだ。

ひとつ息を吐き、狐丸を鞘に納めた信平は、片膝をついたお初に歩み寄る。

「無理をするな」

「大丈夫です」

信平は、血がにじむお初の口元を拭った。

「身代わりになれとは言うておらぬぞ」

お初は微笑んだ。

信平が京から鈴蔵を帰らせたのは、卑劣な越後が生きていれば、必ず松姫を狙うと案じて、身を隠すよう伝えるためだった。

知らせを受けたお初は、松姫と竹島糸《たけしまいと》をはじめ、佐吉の妻と息子、下女たちを、密かに庭から隣の紀州藩邸に逃がしていた。そして、銭才の手の者が来れば倒すつもりで、松姫の部屋に残っていたのだ。

表門を開けた佐吉たち家来が入ってきた。同道していた井伊土佐守も続き、藩士たちが屋敷を守った。

信平はお初と、善衛門たちのもとへ行った。

痺れ薬で動けぬ五味を抱き起こしたお初が、心配そうな顔をしている。

ろれつが回らぬ五味は、何を言っているのか分からぬが、お初を心配しているようだった。

善衛門が信平に、必死に訴える。

部屋に医者の薬箱があると聞き取った信平が善衛門の部屋に行くと、確かに置いてあった。薬の知識があるお初のもとへ持って行く。

お初は箱を開けて調べていたが、痺れ薬に効く物はないという。

鈴蔵が、そばにいる佐吉の袖を引いて告げる。

「く、薬が、拙者の部屋に……。黒い箱です」

ろれつが回らぬが、なんとか聞き取った佐吉が走り、言われたとおりの黒い箱を持ってきて、鈴蔵に問う。

「何粒だ」

「ひとつ……」

「よし」

佐吉は口に入れてやり、善衛門と五味、中井の順に飲ませた。

盛られた痺れ薬は、命を奪う物ではなかったのが幸いし、半刻（約一時間）もすれば、手足が動かせるようになった。

何もできぬままお初の苦戦を見ていた五味は、動けるようになるなり手を取り、身体を案じた。

「胸が痛いですか。骨が折れていませんか」

あばら骨を心配するあまり、つい胸に手を当てようとしたのがいけなかった。

平手打ちの乾いた音がしたので信平が見ると、こちらを向いていた五味は、

「うん、大丈夫だ」

嬉しそうな顔をして、手の平の痕《あと》が浮いた頬を押さえた。

紀州藩邸に庭から入った信平は、亡き舅《しゅうと》、徳川頼宣《よりのぶ》が暮らしていた御殿に急いだ。

広大な森を抜け、池のほとりを走ってゆくと、御殿の警固をしていた紀州藩士たちが信平に気付き、驚きと喜びを面《おもて》に出して頭を下げ、廊下から座敷に声をかけた。

すると表の廊下に、鶯《うぐいすいろ》色の打掛を着けた松姫が出てきた。

「旦那様……」

声を発したことで感極まった松姫は、顔を歪めて涙を流した。

信平は廊下に上がって歩み寄り、抱き寄せた。松姫の香りがする。久しぶりに会う我が妻に、殺伐《さつばつ》としていたこころが癒《いや》される。

「御無事で何よりです」

胸に抱かれた松姫は、信平の腕に添えた手に力を込めた。僅《わず》かに震えている。

「心配をかけた。信政も、師匠と息災にしている」

「はい」

松姫はようやく笑みを浮かべた。

二人のあいだに、他の言葉は必要なかった。

紀州藩の藩士たちは、信平たちから離れて背を向けて立ち、互いの顔を見合わせて笑みを浮かべている。

その夜、越後のしくじりを知った大和が、

「おれが倒す」

怒りを露にして立ち上がり、信平を倒しに隠れ家を出ようとした。

「待て」

止めたのは近江だ。

大和は近江に顔を向ける。

「何ゆえ止める」

近江は大和に厳しい目を向けた。

「言わねば分からぬのか」

大和は不服を面に出したが、それは一瞬であり、三倉内匠助の太刀を右手に持ち替えてあぐらをかき、冷静を取り戻した。

「信平は、おれに始末させろ」

「その時がくれば、好きにしろ。おれは仕上げにかかる。おぬしも、言われたとおりに動け。ただし、信平には油断するな」

「承知した」

大和を残して隠れ家を出た近江は、江戸の町を四半刻（約三十分）ばかり歩み、とある大名家の門をたたいた。

すぐに脇門が開けられ、門を守っている者が頭を下げる。

近江は、唇に笑みを浮かべ、中に入った。

戸が閉められると、表門が見張れる場所にある商家の角から、黒い人影が出てきた。その者は、赤蝮の一人だ。

頭にたたき込んでいる人相と同じ近江だと気付いた赤蝮は、暗闇に潜む仲間にうなずいて合図を送り、頭領である森能登守に知らせるべく、その場から走り去った。

第三話　真の狙い

一

「いやー、それにしても恐ろしい男でした。まさかあの爺《じい》さんが、三十代だったとは」

そう言った五味は、おかめ顔に苦笑いを浮かべた。お初の身体を案じて、ここ数日通ってきては同じ言葉を繰り返す。越後と知らずに屋敷へ入れたのを後悔し、反省しているのだ。

信平はそのたびに、自分も分からなかったと思うと告げるのだが、五味は背中を丸めて恐縮する。

そんな五味の前に、黒漆塗《くろうるし》りの膳が置かれた。載せられているお椀から湯気が上がり、出汁《だし》のいい匂いが広がる。わかめと豆腐や、ねぎなどが入れられた味噌汁を見た五味は、顔をくしゃくしゃにした。

「お初殿……」

越後の襲撃から六日目にして、お初はようやく、五味の前に顔を出したのだ。

「もうよいのですか」

案じる五味に、お初は相変わらず無愛想にうなずいて立ち上がったのだが、一瞬だけ動きを止めた。

五味が眉尻を下げて声をかける。

「まだ痛みますか。あばら骨にひびが入っているかもしれないと俊平から聞きました。無理をしないで休んでいたほうがいいのでは」

「もう大丈夫だから、毎日来なくていい」

お初は五味の心中を察して、味噌汁を作ったに違いなかった。

そう思う信平は口を挟まず、黙って見ていた。

お初は信平に頭を下げ、五味を一瞥《いちべつ》すると、台所に戻った。

四つん這いになって廊下に顔を出して見送った五味が、膳の前に膝行し、お椀を取った。

「よかったな」

声をかける信平に嬉しそうな笑みを浮かべた五味は、一口すすり、

「旨い」

こぼした声は、震えていた。

黙然と味噌汁の味を噛みしめた五味は、お椀を置き、改まって信平と向き合った。

「江戸を騒がせていた盗っ人がようやくお縄になり、北町奉行所は総出で、銭才と一味を捜すことになりました」

「南町奉行所は、すでに動いていると聞いたが」

「何もつかめていないようです」

信平は友に、憂いをぶつけずにはいられなかった。

「銭才の十士は、まだ二人残っている。越後を見ても、残る二人は強敵であろう。そなたも探索に加わるなら、くれぐれも気をつけてくれ」

五味は真顔でうなずいた。

「六尺棒を持って回りますが、正直、不安なのですよ。おれのことじゃなく、奉行所の連中に死者が出ないかと思いまして」

そこへ、甥《おい》の正房《まさふさ》が当主となっている葉山家に行っていた善衛門が戻ってきた。

五味を見た善衛門が、今日も来ておったのかと言って中に入り、横にずれる五味に並んで正座し、険しい面持ちで告げる。

「捕らえた者どもは、いまだ口を割らぬそうです」

信平の屋敷を囲んでいた曲者は、佐吉や井伊土佐守が捕らえ、公儀に引き渡していた。

何日も拷問《ごうもん》に耐えて口を閉ざし、中には、命を落とした者もいると善衛門から聞いた信平は、目を閉じた。

「江戸に入っている者どもは忠義に厚く、手強いという証であろう」

五味が不安の声をあげた。

「江戸は、戦場になりますか」

信平は目を開け、五味を見た。

「そうさせぬためにも、一刻も早く銭才を見つけ出さねばならぬ。正房殿は、御公儀の動きについて何か教えてくれたか」

善衛門は真顔で応じた。

「御公儀は、銭才に陶酔している大名が藩邸に隠していると疑い、外様から探りを入れているそうです」

「外様を……。やはり、室伏河内守の裏切りがそうさせたか」

「いかにも。上様は河内守をご信頼あそばしていただけに、かなり気落ちされたご様子でした」

「上様に、お目にかかったのか」

善衛門は驚いた。

「わしとしたことが、先に言うべきでした。実は、正房が一足違いで本丸に上がっておりましたから、あとを追って登城したのです。それが上様のお耳に届き、拝謁《はいえつ》を許されました」

信平は微笑んでうなずく。

「ご息災か」

「気落ちされていますが、お元気そうでした」

「それは何より」

「殿には、いずれ登城の沙汰をくだされますが、今は、長旅の疲れを取るようにとのお達しにございます」

「解《げ》せぬな。何ゆえ、麿を遠ざけられる」

珍しく不服を口にする信平に、五味が驚いた。

「遠ざけられているのです？」

信平は五味を見た。

「登城を願い出たが、許されぬのだ。お具合でも悪いのかと案じていたが……」

「おそらく、幕閣の誰かが止めておるのでしょう」

善衛門の言葉に、信平はますます解せぬ思いとなった。

「麿が上様に拝謁することに、なんの不都合があるのか」

善衛門は五味を見た。

「今から申すことは他言無用じゃぞ」

「はいはい」

軽く応じる五味の態度に、善衛門は不服そうだったが出ろとは言わず、信平に告げる。

「幕閣の者たちも、上様にご報告される殿の話を聞きたいからです」

「今は、忙しくてそれどころではないと申すか」

「おっしゃるとおりです。御公儀は外様を探るにあたり、加賀前田《かがまえだ》、薩摩島津《さつましまづ》、芸州《げいしゅう》広島浅野《ひろしまあさの》など、大藩が銭才になびいているのを恐れて、そちらから探りを入れたそうですが、いずれも、不穏な動きはなかったそうです。ところが、御公儀の動きを知った前田家の御当代が潔白を示すべく、自ら酒井雅楽頭様の屋敷へ乗り込み、疑いが晴れるまで帰らぬと居座っているそうで、騒ぎになっているのです」

信平は、藩主綱紀《つなのり》の屈辱を想う。

「亡き保科肥後守《ほしなひごのかみ》殿の後見を得ておられていただけに、御公儀から疑われたのには驚かれたであろう」

「さよう。綱紀侯は、家光公の異母弟であらせられる肥後守様の娘御を娶《めと》られ、徳川将軍家に忠義を尽くしておられたのです。それを疑うとは、今の御公儀は、よほど、疑心暗鬼に陥っておりますぞ」

信平は、一抹《いちまつ》の不安を覚えた。

「それも銭才の策ならば、危うい話だ」

善衛門がはっとした。

「殿のおっしゃるとおりならば、確かにまずいですぞ」

「他にも何かあるのか」

善衛門は身を乗り出すようにして告げる。

「綱紀侯の騒ぎがあったにもかかわらず、御公儀は外様への疑いを解きませぬ。正房から聞いた話ですが、外様大名のあいだには、御家を潰すための陰謀だという声が広まっているらしく、中には、門の守りを堅くして、出入りを許している商人でさえ、遠ざけている家があるそうです」

五味が口を挟んだ。

「なんだか、きな臭い話ですね」

善衛門が五味に顔を向けてうなずく。

「そのとおりだ。御公儀の中では、そういう大名とは一戦交えてでも、厳しく調べるべしという声があがっておるらしい」

信平は、庭に顔を向けた。銭才ならば、徳川と外様大名を引き離すために策をめぐらせることは十分考えられる。

「上様は、どのようにお考えなのだろうか」

信平の問いに、善衛門は即答した。

「外様大名の件は、酒井様に一任するとおっしゃったそうです」

「上様は、まことにそれでよいのだろうか」

「同じ過《あやま》ちがあってはならぬと、幕閣の誰かが酒井様にまかせるよう進言したとの噂があるそうですが、それが誰なのかまでは、分かっていないそうです」

「上様の心中を想うと、胸が痛む」

信平は廊下に立ち、庭を見渡した。佐吉たち家来が池の向こうの広場に集まり、剣術の稽古をしている。

五味が信平の後ろに立ち、声をかけてきた。

「領地の家来たちは、いつ来るのです」

「何もなければ今日明日にも文が届くゆえ、来月の初めには来るだろう」

「それまで、何もなければいいですな」

信平は振り向き、五味の目を見た。

「銭才は侮れぬ相手ゆえ、決して、無理をしないでくれ」

五味は真面目な顔でうなずいた。

「信平殿も、銭才は御公儀にまかせて、ここにいてください。一人で町へ出たらいけませんよ」

信平は微笑み、探索に戻る五味を見送った。

善衛門が五味の背中を見ながら、信平に言う。

「殿、五味が申すとおりですぞ。決して、一人では出ないでくだされ」

「では、松と茶でも楽しむといたそう」

「おお、それがよろしゅうござる」

「上様からお呼びがかかるまで、引き続き御公儀の様子を見ていてくれ」

「おまかせくだされ。何かあれば知らせるよう、正房に申しつけております」

「善衛門も、外を歩く時は気をつけるように」

「心得ました」

善衛門と別れた信平は、奥御殿に渡った。自ら茶を点《た》て、松姫と二人でひと時を過ごしながら話すのは、信政のことだ。

松姫には、信政が宮中で過ごした話を聞かせた。

銭才の手下と剣をまじえ、薫子を救った話には驚いていたものの、そこは、かの紀州頼宣侯の娘だ。道謙に弟子入りさせ、その後、信平が京に旅立った時から、親子で世のために働く時がくるだろうと、覚悟していたという。

今も、薫子を守って道謙と行動していると知った松姫は、

「世のためにお役に立っている信政を、誇りに思います」

我が子の成長を、こころから喜んでいるようだった。

二

領地から家来たちが集まったのは、十日後だった。

岩神村の代官、大海四郎右衛門は、知恵蔵《ちえぞう》や寺島《てらしま》たち家来を連れて、軍資金まで用意してきた。

下之郷村の宮本厳治は、坂東武者《ばんどうむしゃ》だった祖父から受け継いだ助宗《すけむね》の朱槍を手に、甲冑を入れた鎧桶を背負って駆け付けた。

初顔合わせの小暮一京と山波新十郎は、

「まるで戦国武者だ」

などと言い、勇ましい宮本に圧倒されている。

吉井村の藤木義周は、得意の弓を携えて駆け付け、肥前こと、下川博道《しもかわひろみち》と妹お絹の壮絶な最期を信平の口から聞いて、無念を晴らしたいと、涙ながらに訴えた。

頼もしい家来たちを前に、信平は改めて、銭才が決して侮れぬ相手だということ、取り巻く剣士の手強さを言い聞かせ、一丸とならなければ、かの者たちを抑えられぬと告げた。

銭才が何をしようとしているのかはまだ分からないが、江戸に来たからには、徳川に決戦を挑むに違いない。

そう睨んでいる信平は、ことが起きればいつでも出られるよう、心構えと武術の鍛錬を命じた。

家来たちがさっそく庭で稽古をはじめ、一部の若い家来たちは年老いた八平を助けて門の警固に立ち、信平の屋敷は、これまでにない物々しさとなった。

一京たちが守る表門に葉山正房が来たのは、三日後の朝だ。

宮本厳治を相手に稽古をしていた信平は、頼母から知らされて佐吉と替わり、客間に向かった。

頭を下げる正房は、裃《かみしも》を着けていた。

共にいた善衛門が告げる。

「城から駆け付けたそうです」

応じた信平は、正房の正面に正座し、面を上げさせた。

正房はさっそく口を開く。

「江戸市中で、戦がはじまるかもしれませぬ」

善衛門はすでに聞いていたらしく、険しい顔をしている。

昨日の朝早く、将軍家綱が酒井たち重臣を急遽《きゅうきょ》集め、外様の大藩、豊後《ぶんご》直入《なおいり》藩三十万石、小川修理大夫《こがわしゅりのだいぶ》の蔵屋敷に、銭才の配下と思しき者が出入りし、屋敷内には千人を超える浪人が集まっていると告げていたからだ。

今朝登城した正房は、本丸御殿に詰めていた小姓《こしょう》の沢尻《さわじり》から話を聞かされ、信平に知らせるべく駆け付けていたのだ。

話を聞いた信平は、公儀より先に家綱が知ったのは、森能登守が動いたに違いないと察して、正房に問う。

「戦と申したが、御公儀は蔵屋敷に兵を向けるのか」

「このままでは、そうなるかと」

善衛門が口を開く。

「直入藩の蔵屋敷は、幕府の年貢米が置かれている浅草《あさくさ》の御米蔵に近いな」

正房は神妙な顔でうなずいた。

「酒井様が、銭才の狙いは蔵の米だとおっしゃり、直ちに直入藩の蔵屋敷を攻め、藩主を捕らえるよう上様に言上されました」

そこまで述べたところで、正房は唇を噛んだ。

善衛門が問う。

「近頃の上様は、酒井殿の言いなりじゃ。皆の前でお許しになられたのだな」

「いえ。江戸市中で戦をするのはどうかとおっしゃり、まだ合議が続いておるそうです。しかしながら、酒井様をはじめとするほとんどの方が攻めるべしと訴えられているようですから、こうしているあいだにも決まるかもしれませぬ」

「わしもそう思う。急がねば、御米蔵を焼かれでもすれば、取り返しがつかなくなるぞ」

焦る善衛門にうなずいた正房は、信平を見てきた。

「上方《かみがた》で銭才の軍勢と戦われた信平殿ならば、手強さをご存じではないかと小姓が申しておりました。御公儀の兵が藩邸に攻め込めば、どうなりましょうか」

信平は眼差しを下げた。

「上様がご返答を渋られるのは、敵が手強いのをご存じだからだ」

善衛門が顔を向けた。

「赤蝮の助言がありましたか」

「おそらくそうであろう。京では、森殿の手の者が正体を暴かれ、大勢命を落としたと聞く。小川家の蔵屋敷を攻めると決すれば、銭才が気付かぬはずはない。先手を打たれて浅草の米蔵を盾《たて》にされれば、兵は動けなくなろう」

正房が目を見張った。

「確かに。下手をすると、攻め手をごっそり捕らえられる恐れがあります」

「生かして捕らえるような相手ではない」

信平は、立ち上がった。

「これより城へまいる。正房殿、上様に拝謁できぬか」

「そうおっしゃると思い、沢尻殿と手筈《てはず》を整えてございます」

「おお、ようした」

善衛門に褒《ほ》められ、正房は笑みを浮かべた。

信平は、佐吉たちに屋敷の警固を厳重にさせ、善衛門と正房の三人で城へ急いだ。

信平の屋敷から本丸御殿までは半刻（約一時間）ほどかかる。

白書院に近い控室で待つこと四半刻（約三十分）、沢尻と話をしていた正房が戻ってきた。

「どうだった」

問う善衛門に、正房は神妙な面持ちで答える。

「大広間での議論は、まだ続いているようです。上様も御同座されており、待つようにとのことでした」

善衛門は口をむにむにとやった。

「戦に決まりそうなのか」

「沢尻殿が申しますには、すでに兵を集めているのではないかと」

「殿、いかがいたします」

「御公儀は、金峰山攻めで勢い付き、銭才を一気に潰したいと思われているのだろう。お声がかかるまで、待つしかない」

「しかし、決まってしまえば止められませぬぞ。正房、なんとしても、合議の場に殿が行けるよう取り計らえ」

正房は意志の強い面持ちで応じて、ふたたび出ていった。

戻ったのはすぐだ。

善衛門が驚き問う。

「早いではないか。合議が終わったのか」

「いえ……」

正房が答えるのを押しどけるように、茶坊主が廊下から信平に伝える。

「鷹司様、上様がお呼びにございます」

狩衣から裃に着替えていた信平は、茶坊主に従って控えの間を出た。

大広間に向かう途中で、前から若年寄の大垣が歩いてきた。

一人で歩いていた大垣は、信平を見て微笑み、会釈をした。

禄高《ろくだか》は少なくとも、家格が上の信平に対し、大垣は端に寄って場を空けた。

信平は会釈をして通り過ぎ、大広間に向かった。

大広間に居並ぶ幕閣は三十数名。

上段の間の中央に座す家綱に近い場所に、大老の酒井が座している。

左右に並ぶ重臣たちが、廊下に座した信平に注目する。

「信平、近《ちこ》う」

「はは」

家綱の声に応じた信平が中腰になり、重臣たちのあいだを歩んで進み、老中たちの前で正座した。

家綱が真顔で告げる。

「なかなか会えず、許せ」

「いえ」

「所司代より聞いておる。京での働き大義であった。本理院《ほんりいん》様の墓前にはまいったのか」

「諸々《もろもろ》あり、まだにございます」

「屋敷の襲撃は善衛門から聞いておる。こうして皆が集まっているわけは、耳に入っておるか」

「はい」

「では問いたい。小川修理大夫の仕置《しおき》を、どうすればよいか」

信平は両手をつき、家綱の顔を見た。

「おそれながら申し上げます。ここは、慎重に動くべきと存じまする」

重臣たちからどよめきが起きた。

背後から、譜代《ふだい》大名が声を発する。

「蔵の米が狙われておるのは明白です。慎重に動けと申されるわけをお聞かせくだされ」

将軍家の縁者であり、銭才との戦いに尽力している信平に対し、若き譜代大名は敬意を示すものの、納得はしていないようだ。

これを潮《しお》に、襲われてからでは遅いという声が、信平に向けられた。

家綱は止めようとせず、信平を見ている。その表情は、江戸市中が戦場になるのを案じているようだった。

家綱の左前に座している酒井大老も静めようとせず、感情を表に出さず信平を見つめている。

信平は眼差しを畳に向け、場が静まるまで一言もしゃべらなかった。重臣たちが何を訴えているのか、耳をかたむけていたのだ。

皆の主張は、戦だった。豊後直入藩は三十万石の大藩だが、千人程度が籠もる蔵屋敷など、公儀が出せる兵の数で攻めれば、半日もかからず潰せると見ているのだ。

何も言わぬ信平に対し、重臣たちは口を閉ざしていき、やがて静まり返った。

咳払いしか聞こえぬところで、信平がふたたび家綱に両手をつき、口を開いた。

「銭才は、二重三重に策をめぐらせたのちに動く者にございます。御公儀の米が真の狙いであるか否か、見極めるべきと存じます」

「それでは遅い」

酒井が厳しい声を発した。

「金峰山の戦を見ても、慎重すぎたゆえに、敵に迎え撃つ支度を整える猶予を与えた。その結果、銭才を逃がしてしまったのだ。同じしくじりは許されぬ」

信平は頭を上げ、酒井に顔を向けた。

「小川家の屋敷攻めは、まだ相手に伝わっていないとお思いですか」

酒井はうなずく。

「伝わっておらぬ。知っておるのは、ここにおる者と、そなただけじゃ。葉山正房に伝えた小姓も、我らも皆、城から一歩も出ておらぬのは、銭才に動きを知られぬためだ。木南甲賀守殿が命を落としたのは、耳に届いておろう」

「はい」

「あれ以来、慎重に動いておる。ここにおる者は、忠義に厚く信頼できる者たちばかりだが、念には念を入れて、誰も帰しておらぬのだ」

酒井は自信に満ちている。

信平はそれでも訴えた。

「銭才を侮ってはなりませぬ」

「では、どうすればよいと申すのだ」

酒井が耳を貸そうとしたところ、口を挟む者がいた。

「上様、その前に、信平殿にお訊きしたき儀がございます」

家綱はその者に不快そうな顔を向けたものの、拒まなかった。

「許す」

「はは」

座を外していた大垣が戻ってきて、空いていた己の場所に座して口を開く。

「信平殿、先ほど当家の江戸家老から知らせがまいり、よからぬ話を聞いた。そこで、事実か否かを確かめたい」

信平は膝を左に向け、下座にいる大垣を見た。

大垣は先ほど廊下で出会った時とは違い、厳しい顔をして問う。

「信平殿は、銭才の血を引く薫子を、御公儀の許しなく隠したそうだが、まことか」

薫子が先帝後西上皇と銭才の娘のあいだに生まれた子であるのと、銭才のたくらみを、この場にいる者たちは知っている。それだけに、大垣の発言は皆を驚かせ、どよめきが起きた。

「宮中から出しただと」

「何を考えておられるのだ」

ささやきと共に、信平に向けられる皆の眼差しは、厳しいものに変わっている。

薫子の件について信平は答えようとしたが、大垣がさらに続ける。

「上様、これは、当家に送られた銭才からの要求にございます。先ほど、当家の江戸家老から受け取りました」

大垣は家綱ではなく、酒井の前に行き、懐から出した書状を差し出して告げる。

「信平殿が奪った我が孫薫子を返さなければ、浅草御蔵《おくら》の米を、すべて焼き払うと書いてあります」

不快そうな面持ちで書状を開いた酒井は、家綱に向いて告げる。

「米蔵には、昨年の年貢米のみならず、大坂から運ばせた米も入れてございます。これがすべて燃やされれば、江戸の民が飢えてしまいます」

酒井は口には出さなかったが、米を金にできなくなり、また、兵を動かす兵糧《ひょうろう》が尽き、公儀は窮地《きゅうち》に陥る。

焦った幕閣たちから、信平を責める声があがった。

「信平殿、何ゆえ勝手をされた」

「さよう。宮中におれば、銭才は帝を脅しはしないのだから、このようなことにはならなかったはずだ」

「信平殿、今すぐ京に戻り、薫子を宮中に入れられよ」

ぶつけられる声に対し、信平は反論せず黙っている。

それを不服と思う者たちが口で責めたが、家綱が止めた。

口を閉じた幕閣たちに、家綱が告げる。

「余は、宮中から知らせを受けておる。薫子を隠したのは信平ではない」

家綱は、道謙が薫子を隠したのを知っているのだ。薫子の居場所を知っているのだろうかと思った信平は、家綱に問う顔を向けた。表情からはうかがい知れないが、家綱は小さくうなずく。

「信平、そうであろう」

「はい」

信平は頭を下げて応じ、幕閣たちに顔を向けた。

「薫子を隠したのは、帝にご縁の深いお方の独断です。よって薫子の居場所は、帝さえもご存じありませぬ」

幕閣たちは驚き、困惑の声があがった。

「静まれい」

酒井が大音声で告げ、家綱に両手をつく。

「上様、信平殿が知らぬと申しても、銭才がそう思い込んでいるからには、薫子を返さねば必ず蔵を襲います。我らが脅しに屈さぬのを知らしめるためにも、米を焼かれる前に、直入藩の屋敷を攻めるべきかと存じます」

家綱は不安そうな顔をした。

「動きを知られれば、敵が先に動くのではないか」

「ご安心ください。このような時のために、密かに兵を集めてございます。ご命令あらば一気に攻め、米を必ず守って見せますゆえ、どうか、御決断ください」

家綱は、信平を見てきた。

酒井が信平を一瞥し、家綱を促す。

「上様、一刻を争います。御決断を」

家綱は下を向いて考えたが、酒井に顔を上げ、顎を引いた。

「分かった。よきに計らえ」

「御意」

応じた酒井が立ち上がり、皆に向かって声をあげる。

「これより直入藩の蔵屋敷を攻める。大将は、稲葉美濃守殿」

「承知！」

即答した稲葉が、与力を命じられた大名と揃って、家綱に頭を下げた。

大垣が声をあげた。

「是非ともそれがしに、先鋒をお命じくだされ」

酒井は応じなかった。

「先鋒は、梅津《うめづ》殿」

命じられた大名が即座に応じる。

「承知！」

酒井は続いて、直入藩の上、中、下屋敷に向ける軍勢の大将を命じ、藩主小川修理大夫を捕らえるよう告げ、合議を終えて皆を下がらせた。

不服そうなのは大垣だ。

「せめて、上屋敷、いや、下屋敷でもかまいませぬ。それがしにも出陣をお命じください。上様を裏切った小川めに、思い知らせてやりたいのです」

懇願する大垣だったが、酒井は首を縦に振らぬ。

「小川を攻めれば、銭才の一味が江戸市中でことを起こす恐れがある。よってそのほうには、江戸市中の警固を頼みたい。大将として旗本を束ね、江戸の町を守ってくれ」

それはそれで大任だ。

大垣は満足して応じた。

すべての役目が決まり、幕閣たちは大広間から出ていった。

役目を命じられなかった信平は、銭才の行方を探るべく、家綱に頭を下げて辞そうとしたのだが、酒井が呼び止めた。そして、自ら歩み寄って告げる。

「そのほうは、何もせず屋敷におれ。亡き頼宣侯の娘を、銭才に奪われてはならぬ」

越後の襲撃を知った家綱が、松姫を案じているのだと小声で教えられた信平は、酒井を見た。

「あとは我らにまかせろ」

酒井は穏やかな顔で告げ、先に出ていった家綱を追ってゆく。

信平は廊下に出て、奥御殿に下がる家綱に頭を下げた。

立ち止まった家綱が、振り向いている。

顔を上げた信平に、家綱はうなずいて見せた。

「信平、そなたには苦労をかけた。次に会う時は、笑《わろ》うて話そうぞ」

家綱の優しさが身に染みた信平は、言いつけに従って、赤坂の屋敷に帰った。

三

大将の稲葉は速やかに行動を起こし、総勢一万八千の兵を率いて浅草に向かった。

甲冑を着けた軍勢が、町の通りをうねるように進む。

突然現れた兵に仰天《ぎょうてん》した町の者たちは、道の端に身を寄せて見送っている。

驚いて悲鳴をあげるおなごや子供たちがいるが、

「徳川の兵がおぬしらを守る！」

露払いが声をかけながら進んだため、大きな混乱は起きなかった。

稲葉は四方から直入藩の蔵屋敷に迫って囲ませ、残る兵は御蔵と町全体の警固に付け、敵の逃げ道を塞いで援軍を警戒させた。

いっぽう、銭才に寝返った小川を捕らえるべく上屋敷に向かった若年寄は、もぬけの殻になっているのに怒り、中屋敷へ向かった。しかし、中屋敷と下屋敷も誰もおらず、小川は数百人の藩士を率いて、御蔵屋敷に入っていたのだ。

その知らせを受けた稲葉は、若年寄に公儀の蔵を守らせ、屋敷を見据えた。

小川家の蔵屋敷は三十万石に見合う二万坪もあり、庭園の森の木々が外からも見える。その広さゆえか、中にいる兵たちの気配はまったく感じられず、表門は、不気味なほど静かだった。

「まさかここも、もぬけの殻なのか」

一抹の不安がよぎった稲葉だったが、それを払拭《ふっしょく》するようにかぶりを振り、床几から立ち上がった。

甲冑の音をさせて前に出ると、純白の采配を高く上げ、前に振る。

攻撃の合図を待っていた先鋒の梅津が、

「それ！」

己の采配を振って合図を出す。

表門の前にいた梅津隊が鬨の声を発して動き、十人がかりで持つ丸太を門扉にぶつけるべく迫る。

もう少しで門扉にぶつけるという時に、突如として屋根に敵兵が現れ、鉄砲を放った。

先頭の二人が胸を撃たれて倒れ、二列目の兵は頭に当たり、声もなく倒れる。続いて放たれた弾丸に丸太の破片が弾け飛び、逃げようとしていた兵たちの背中に弾丸が命中し、瞬く間に全滅した。

梅津が怒りをぶつける。

「放て！」

号令に応じた弓隊が一斉に放ち、無数の矢が鉄砲隊に飛ぶ。しかし敵は頭を隠し、矢はむなしく外れた。

すぐさま鉄砲の筒先が覗《のぞ》き、弓隊を狙って火を噴く。

悲鳴と呻き声が門前に響き、弓隊の者たちは倒れた。

梅津が配下に命じ、鉄砲で応戦する。

弾が門の屋根に弾け、撃とうとしていた敵の鉄砲兵に命中して落ちた。

「今だ！　行け！」

梅津の命令に応じた兵たちが丸太に取りつき、気合をかけて門扉に打ち付けた。木と木がぶつかる大きな音が響き、門扉が内側にたわむ。

二度三度では破れず、兵たちは力を振りしぼって打ち付ける。だが、門扉は堅く開かない。

内側から開けるしかないと見た梅津が、別の兵に合図を送る。すると、高梯子《たかばしご》を持った一群が長屋塀に向かい、屋根にかけた。

「それ！」

組頭が声をかけ、兵たちが梯子を上りはじめた時、閉ざされていた長屋塀の武者窓《むしゃまど》が開き、梯子の兵を槍で突いた。また、頭上からは熱せられた油がかけられ、頭からもろにかかった兵が、悲鳴をあげて落ちてゆく。

下にいた者たちは、落ちてきた兵と油に混乱した。それに追い打ちをかけるべく、敵が次に持ち出したのは火矢だ。

気付いた兵たちが慌てて逃げようとしたが、火矢は容赦なく放たれた。

熱せられた油に火が走り、兵たちが炎に包まれていく様を見た梅津は、歯を食いしばって刀を抜き、側近たちに叫ぶ。

「なんとしても一番乗りを果たすのだ！　行くぞ！」

おう、と応じた側近たちの先頭に立った梅津が、門に向かって走ろうとした刹那、一斉に放たれた鉄砲の弾丸に甲冑を貫かれ、目を見張った。

「殿！」

叫んだ側近たちが両脇を抱えて下がろうとしたところ、弾丸が梅津の兜《かぶと》に穴を空けた。

目を見開いたまま絶命した梅津を見た兵たちが、恐れて下がってゆく。

同時に裏門を攻めていた徳川方も、激しい攻撃に曝《さら》されて下がり、また、隣接している大名屋敷の塀を越えて攻め入った兵たちは、真下に掘られていた落とし穴に落ちてしまい、竹槍で命を落としていた。

陣にいた稲葉は、次々と舞い込む劣勢の報告に驚愕《きょうがく》し、自ら攻めると言って出ようとしたが、与力の大名から止められ、床几を蹴散らして怒りをぶつけた。

一割にも満たぬ敵が籠もる屋敷を攻めあぐねたことにより、昼過ぎにはじまった戦いはすぐ終わるどころか、翌朝になっても決着がつかなかった。

さらに時が過ぎ、夕方になって稲葉の援軍要請を受けた酒井は、江戸城を守る五千の兵を投入した。

手薄となった江戸城を守るべく、内堀の門はすべて閉ざされ、将軍の許しなき者は、いかに御三家とて城内への立ち入りを禁止された。

この事態を知った尾張《おわり》、水戸《みと》、そして紀州の御三家は、稲葉の加勢に出ようとしたのだが、家綱は許さなかった。市中を守っていた大垣から、怪しい輩《やから》が御三家の周囲にいたとの知らせを受けていた家綱が、出陣した御三家のあるじが銭才に狙われるのを恐れ、各々の屋敷に籠もって守りを固めるよう命じたのだ。

城を守る精鋭五千が加わったのを機に、小川方は次第に押されはじめ、表門が破られた。

「一気に押せ！」

指揮を執《と》っていた稲葉の号令で、徳川方は俄然《がぜん》勢いを増し、表門からなだれ込んだ。

だが、入ってすぐのところに大きな落とし穴が仕掛けられており、しかも、先頭の兵たちが半分進んだところで底が抜けるよう細工がされていたため、勢い付いていた百数十人の兵が落とされた。途端に静かになった穴の中では、茶色い塊《かたまり》がうごめいている。

粘土質の泥が、重い甲冑を着けている兵たちを底に引き込み、浮き上がることができないのだ。

仲間を踏み越えて顔を出した兵たちが、助けを求めはじめた。

助けようとした兵たちが手を差し伸べる頭上に、屋敷の奥から弓矢が降り注いできた。

「引け！　引け！」

叫んだ武将が表門から出ようとしたが、中に入ろうとする兵たちに押し戻され、そこへ、ふたたび矢が放たれ、武将をはじめとする多くの兵が倒された。

表門を破ったものの、中にはいっそう堅固な鉄門を有した曲輪《くるわ》があり、多くの犠牲を出した徳川軍は先に進めなくなった。

知らせを聞いた稲葉は、側近を呼んだ。

「城へ行き、大筒《おおづつ》を使う許しを得てまいれ」

これには、与力の大名が戸惑いの声をあげた。

「江戸市中で大筒を使えば、火事になる恐れがありますぞ」

「鉄門を破るには、大筒しかない」

「しかし、火事になれば御蔵が危のうございます」

稲葉は大名を睨んだ。

「敵は油に火を着けたが、御蔵には達しなかったではないか。恐れていては勝てぬ。行け！」

怒鳴られた側近は頭を下げ、城に走った。

家綱ではなく、酒井の書状を持った側近が戻ったのは、一刻後だ。

待ちわびていた稲葉は、書状を見るなり表情を明るくした。

「お許しが出た。大筒で門を破壊しろ！　攻め込む兵を整えよ！」

命令によって徳川方が活気付いた頃、隠れ家にいる銭才のもとにも、一人の家来が駆け込んでいた。

蠟燭の明かりの中に正座した家来は、静かな口調で知らせるも、黒い人影にしか見えぬ銭才は声を発さず、右手を前に出した。

「はは」

声に出して応じたのは、そばに座していた近江だ。

近江は、知らせた家来の前に行き、耳打ちした。

聞き終えた家来は銭才に平伏《ひれふ》して応じ、頭を下げたまま部屋から出ていった。

銭才が、低く通る声で近江に告げる。

「大和に、抜かりのうやれと伝えよ」

「承知いたしました」

近江も下がり、一人になった銭才は、右腕を振って刃物を投げ、蠟燭の火を消した。

窓辺に立つ銭才の影が、夜空に浮かぶ満月と重なった。大筒の咆哮《ほうこう》が届いたのは、その時だ。

音を聞いた銭才の肩は小刻みに揺れはじめ、大筒の轟音が途切れた時には、邪悪な笑い声へと変わった。

四

浅草から聞こえていた大筒の音が、しなくなった。

清水門《しみずもん》を守る寄合《よりあい》旗本の滝本政辰《たきもとまさたつ》は、東の夜空を見上げ、家来にこぼす。

「どちらが勝ったのだろうか」

「御公儀に決まっておりまする」

「だとよいが」

不安をこぼした若き旗本は、門前の通りに響いてきた行軍の音に眉をひそめ、篝火《かがりび》の明かりが届かぬ先に目をこらした。

夜道に浮かんできたのは、甲冑を着けた隊列。

門を守る者たちに緊張が走った。

隊列から走り出た一人の兵が、清水門に向かってきた。

滝本の家来が槍を交差させ、兵に声をかける。

「これよりはなんぴとも通れぬ。下がれ！」

「お待ちくだされ。拙者、若年寄大垣能登守の家来にござる。我があるじは市中の警固を命じておられましたが、城兵が御蔵の戦に向けられたと聞き、城内の警固に戻りました。中に入れてくだされ」

大垣は、滝本の上役だ。

家来から話を聞いた滝本は、堀の向こうに止まる隊列の中に大垣の旗印を認めて、門を開けさせた。

五百の兵が動き、門から入っていく。その中ほどにいた大垣は、頭を下げて迎える滝本の前で止まり、声をかけた。

「お役目ご苦労。御蔵の戦に乗じて、銭才に寝返った者どもが城へ入ろうとするやもしれぬと思い戻ったが、大手門の奴らは、わしとて入れてくれなんだ。ここがおぬしの受け持ちと思いまいったが、これよりは大手門に倣《なら》い、いかに御三家とて、上様の許しあるまで通してはならぬ」

滝本は焦った。

「門を開けましたこと、申しわけありませぬ」

「よいのだ。わしはどうしても、上様をお守りせねばならぬからな。そなたが罰を受けることはあり得ぬゆえ、安堵いたせ。次に会う時は、そなたの出世を約束いたそう」

滝本は一転して、明るい顔をした。

大垣は門を閉じさせ、兵を率いて移動をはじめた。

本丸台地と北ノ丸台地を繋ぐ北桔橋《きたはねばし》を渡った先には、天守台の真下に位置する門がある。この北桔橋御門は、数年前の暴風雨で屋根が傷み、大垣が修復を担当した。それを知っている門番は、すでに城内に入っていた大垣の兵をあっさり通した。

五十三間《ごじゅうさんけん》多聞《たもん》を通って上梅林門《かみばいりんもん》に達した大垣は、ここも難なく通された。

警固をするのは、公儀留守居役の与力と同心たちだ。

大垣は、門を閉ざすよう告げた。

応じた与力が小者に命じ、分厚い門扉が閉ざされ、閂がかけられた。

「ご苦労」

声をかける大垣に、門番たちが頭を下げた時、その者たちの近くにいた大垣の家来が抜刀し、一斉に襲いかかった。

抗《あらが》う間もなく斬られ、倒れた門番たちにほくそ笑んだ大垣は、側近から采配を受け取り、無言で振る。

作戦どおりに行動をはじめた兵たちは、大奥を外から囲みにかかった。

将軍しか通ることが許されぬ御鈴《おすず》廊下に達した兵が、笛を吹いた。それを合図に、囲んでいた五百の兵が一斉に、大奥御殿に斬り込んだ。

この夜、家綱が大奥へ渡るのを把握している大垣に迷いはない。馬廻り衆と共に大奥へ入り、逃げ惑う女どもを捕らえさせた。

家綱がいる座敷に近づいたところで、薙刀を持った十人の侍女が行く手を塞いだ。白地に紫の矢絣《やがすり》に朱色の帯を締め、鉢巻きと襷をかけた女たちが、斬りかかる兵を薙ぎ倒してゆく。

よく鍛えられた薙刀の技は冴えており、兵の足を斬り、刀を打ち払って石突で腹を打ち、庭に飛ばした。

「やりおる」

余裕の口調で告げた大垣が、馬廻り衆に顎で指図する。

応じた四人が侍女に向かい、槍をもって襲いかかった。

侍女たちは勇敢に戦ったが、一人、また一人と倒され、最後の十人目も降伏に応じず、座敷を守って果てた。

瞬く間に大奥をほぼ制圧したところで、大垣軍の一部が表御殿へ向かい、本丸への玄関口である中雀門《ちゅうじゃくもん》に行くと、合図のちょうちんを振った。

襲撃にまだ気付かぬ門番が、何ごとかと言い合って見ている背後で、警固を受け持つ書院番頭とその家来が刀を抜き、門番たちの口を塞いだ。この者どもは、大垣の謀反に与しているのだ。

大手門への道を閉ざしたところで、大垣の兵たちは表御殿に斬り込み、宿直《とのい》で詰めていた者たちを襲った。

大奥では、大垣が兵と共に、障子が閉められた寝所《しんじょ》の前を陣取っていた。そこへ伝令が駆け付け、庭に片膝をつく。

「申し上げます。表と中奥御殿の制圧を終えましたが、家綱の発見にいたっておりませぬ」

大垣は手を振って下がらせ、閉められている障子を見据えた。

「書院番頭が申したとおりじゃ」

独りごちて床几からやおら立ち上がった大垣は、廊下に片膝をついて声をかけた。

「上様、能登にございます」

大垣の馬廻り衆が障子を大きく開けると、蠟燭が灯された下段の間の先にある上段の間は、御簾《みす》が下げられていた。

その御簾の奥に、正座している人影がある。

「能登、これはどういうことじゃ」

家綱の声に、大垣は唇に笑みを浮かべて立ち上がった。次の間に入り、上段の間の前であぐらをかき、御簾の奥にある人影を見つめて口を開く。

「このような仕儀にいたりましたるは、すべて、信平のせいです。奴が薫子を隠しさえしなければ、上様を人質に取ろうなどと、罰当たりな行動には出ておりませぬ」

「それはつまり、そなたは余を見限り、銭才の軍門にくだったと申すか」

「いかにも」

人影はしばし沈黙し、悲しげな声で問う。

「いつから、徳川を裏切っておった」

「はて、忘れ申した」

とぼける大垣は、薄い笑みを浮かべて人影を見つめた。

人影が問う。

「余を、薫子と引き換えにする腹か」

「使い道は、いかようにもあろうかと……」

微笑を浮かべる大垣に、人影が嘆いた。

「大垣家は、東照大権現《とうしょうだいごんげん》様の代から仕えてくれた重臣の家柄。四代目であるそなたを、余は頼りにしていた。銭才に陶酔するわけを、聞かせてくれ」

大垣は、胸を張って応じた。

「己の野望のためです」

「銭才と組んで徳川を倒し、天下を取る気か」

「小さき国はいりませぬ。この狭い日《ひ》ノ本《もと》から出て海を渡り、明国の復活を願う者たちと共に清国《しん》を滅ぼすのです。その暁《あかつき》には、清国の領土の一部を我が領地といたします。約束されている領地の広さは、日ノ本の二倍。家康《いえやす》公が三河《みかわ》の小さき国のあるじから日ノ本のあるじになったように、男ならば、大きな夢を追うのは当然でありましょう。まあ、生まれながらの天下人であらせられたあなた様には、想像もつかぬことかもしれませせぬが」

「そちの途方もない野望のために、日ノ本が戦国の世になってもよいと申すか」

問う人影に、大垣は鼻で笑い、態度を変えた。

「新しき領地を得たあとは百万の兵を率いて戻り、銭才と帝の小競り合いを終わらせる。余が日ノ本の皇帝となり、より豊かな国にするのだ」

嬉々とした目で告げた大垣の前で、人影は立ち上がった。

座していた時は分からなかったが、背が家綱よりも高いと気付いた大垣は、顔から笑みを消した。

御簾を斬って大垣の前に出たのは、赤蝮の頭領、森能登守忠利だ。

大垣が愕然《がくぜん》として立ち上がり、憎々しげに告げる。

「おのれ、謀《はか》ったな」

「覚悟いたせ」

森は抜刀して、大垣に迫った。

大垣の馬廻り衆が森に斬りかかって守ろうとしたが、袈裟斬りをかわした森が後頭部を峰打ちして昏倒《こんとう》させ、下がる大垣を追う。

大垣は廊下に出ようとしたが、森が逃げ道を塞ぐ。その背後では、大垣の馬廻り衆が倒れた。森の家来が二人現れ、障子を閉める。

大垣は恐れて、手の平を向けた。

「待て、話を聞いてくれ。これには、わけがあるのだ」

「問答無用。謀反者は、上様にかわって赤蝮が始末する」

大垣は目を見張った。

「あ、赤蝮だと。まさかおぬしが、頭領か」

森はもはや、返答をしない。大垣を成敗すべく刀を振り上げたその時、廊下を守っている二人の家来が、障子を突き破って次の間に倒れ込んだ。

刀を上段に構えたまま、森が顔を向ける。すると廊下に、赤い陣羽織に黒の袴を着けた侍がいた。大和だ。

森は、大和の異様な殺気に応じて、大垣を後回しにして向かう。

互いに刀を打ち下ろし、激しくぶつかって鍔迫《つばぜ》り合いとなったが、大和は森を押し離し、猛然と幹竹割りに打ち下ろす。

森は受け流し、刀身を己の背中から頭上に振り上げ、大和の背中に打ち下ろした。

大和は太刀を後ろに回して受け止め、振り向きざまに一閃する。

森は下がって切っ先をかわし、正眼に構えた。

大和は右足を出し、切っ先を森の喉に向けて姿勢低く構えた。

余裕の大和に対し、森は険しい表情をしている。刀をにぎる森の右手首から、血が滴《したた》った。鋭い太刀筋により、いつの間にか斬られていたのだ。

大和が嘲笑を浮かべる。

「赤蝮の腕は、その程度か。どうりで、豊後《ぶんご》を油断させておいて、毒を盛るようなやりかたしかできぬわけだ。やったのは、道馬《どうば》とか申したな」

井田《いだ》家の親子を暗殺し、豊後を毒殺したのは確かに道馬だ。

森は、大和を睨んだ。

「殺したのか」

大和は微笑み、答えとした。

「蝮は毒をもっておるゆえ、見つけた時は殺さねばな。まして、目の前におるのが親玉なら、なおさらだ」

空気が、ぴりっと張り詰めた。その刹那、大和が動く。

森は、斬りかかる大和の間合いに飛び込み、胴を斬り抜けようとした。だが、大和の太刀筋が勝り、刃が頭上から迫る。

間合いに飛び込む前に右肩を斬られた森は、呻いて下がり、片膝をついて耐えた。

左手ににぎる刀を立てて立とうとしたが、太刀で打ち飛ばされ、目の前に切っ先が向けられた。

「待て、斬ってはならぬ」

止めたのは大垣だ。

痛みに顔を歪める森の前に来た大垣が、勝ち誇った顔で告げる。

「家綱をどこに隠したか教えろ。そうすれば、同じ能登守を拝命したよしみで、命は助けてやる」

大和はじろりと大垣を見て、森に目を戻した。

「この傷だ。ほうっておけば長くは生きられぬ」

吐き捨てて下がる大和に不快そうな舌打ちをした大垣は、肩から流れる血を見て、顔をしかめた。

「このままでは、奴がいうとおり死ぬぞ。家綱の居場所を言え」

森は笑って見せた。口を割るはずもない。

大和は二人に構わず、配下に命じる。

「家綱は本丸から出ておらぬ。捜せ」

「はは」

応じた配下たちが去り、大和は森を見据えた。

森も歯を食いしばって大和を睨んでいたが、目力が失《う》せ、横向きに倒れた。

五

「雅楽頭、上はどうなっておる」

家綱は今、酒井と僅か二人の小姓と共に、中奥御殿の隠し部屋に身を潜めている。

酒井が、緊張した声を発した。

「ここにおれば、見つかりはしませぬ。城の異変はすぐに伝わり、助けが来ましょう。それまでご辛抱くだされ」

「お静かに」

真っ暗な中で、沢尻の声がした。

押し黙る家綱の頭上から、人が走る音がする。くぐもった声は、家綱を捜せという怒号だ。

表御殿では、白書院をはじめとする大広間の畳が上げられ、床板を外して調べている。

大和は御殿を回って、怪しいと睨めば徹底して調べさせた。そして、囲炉裏《いろり》が中央に配された座敷に入り、中を見回した後に、漆喰《しっくい》の壁を見据える。近くに寄って、柱と壁のあいだに手を当てた。そして下がり、付き添っている家来の二人に顎で示す。

応じた一人が、槍の石突で壁を打った。中から物音がしたのはその時だ。

家来は下がり、槍の穂先を向ける。

壁が回転し、気合をかけた侍が一人、斬りかかってきた。

家来の一人が腹を突き刺したところへ、

「おのれ!」

叫んだ別の侍が出てきて斬りかかる。

刺した槍をつかまれて抜けぬ家来が、防具を着けた腕で受け止め、もう一人の家来が槍で侍を突き殺した。

その隙に、別の二人が出てきて逃げた。

一人は槍を投げ背中を貫いて止めたが、もう一人は庭に飛び下り、暗闇に走り去った。

「捨て置け、どうせ出られぬ」

大和はそう告げ、暗い隠し部屋を睨む。

外から、逃げた者の断末魔《だんまつま》が聞こえてきた。

「中におるのは分かっている。大人しく出てくれれば、命は取らぬ」

大和の声に応じて、廊下からちょうちんを持った家来が入り、隠し部屋の入り口を照らした。

「降参する」

震える声が中からして、大刀と脇差の柄のほうを出して見せ、二人が出てきた。

年老いた侍と、三十代の侍。いずれも袴を着けておらず、宿直の合間に仮眠を取っていたところで襲撃を知り、隠れていたのだ。

大和が問う。

「他におるなら連れてこい」

「もう、おりませぬ」

大和は若いほうを見据えた。

「名は」

「荒木《あらき》と申します。こちらは、小細工方《こざいくがた》の満田《みつだ》殿です」

聞いてもいないのに、小細工方の仕事は城内施設の道具を修理する役目だと教える荒木に、大和は疑いの目を向ける。

「修理役が、何ゆえ宿直をしている」

「本丸を守る本来のお方たちが浅草に駆り出され、上役に呼ばれたのです」

「道具の修理をする者なら知っておろう。隠し部屋が他にもあるのか」

「存じませぬ。この座敷は御老中が使われる囲炉裏の間で、我らがいたのは、御老中が政敵に命を狙われた時に、身を隠される場です」

「ならば当然、将軍用もあろう。そこへ案内いたせ」

大和の言葉と同時に、家来が槍を向けた。

恐れた顔をした二人は、首を激しく横に振る。

「我らは、申したとおり下働きの身分低き者ですから、上様のお隠れ場所を知るはずもありませせぬ」

大和は太刀を抜き、荒木の首に当たる寸前で止めた。

荒木は息を吞み、目を見開く。

「嘘ではありませぬ。まことに、知らないのです」

「ふん」

大和は刀を引き、鞘に納めた。

「まあよい、老中用があるなら、将軍が隠れる部屋がないはずはない。命が惜しくば、手伝って探せ」

「はい」

身分低き二人は、命を惜しんで従い、大和の家来と行動を共にした。

その姿を見て、大和が側近にこぼす。

「徳川の本城に仕《つか》える者がこれだ。遠く離れた地におる侍を我らになびかせるのは、造作《ぞうさ》もないことよ」

「おっしゃるとおりかと」

大和と側近は笑いながら、家綱を捜しに向かった。

暗闇の中、頭上で引き戸を開ける音がした。座敷の構造が頭に浮かぶ家綱は、確実に、隠し部屋に近づいているのを知って緊張した。

今開けたのは、納戸の奥にある物置部屋だ。家綱が使う季節物が納められ、箱がいくつも積まれているだけの八畳間にしか見えぬが、頑丈な造りの棚を右にずらせば、隠し部屋への段梯子がある。

頭上から大きな音がした。人が入れる木箱の上に置かれている別の箱を落とし、蓋を取って中を確かめているのだ。

手に取るように分かる家綱の頭上では、胴丸《どうまる》を着けた三人の兵がおり、家綱を捜すのと同時に、金目の物を漁《あさ》って懐に入れている。

木箱を覗いた兵は、舌打ちをする。

「布団だ」

「布団が置かれているのに、この部屋はやけに油臭いぞ」

「どこかに油の壺《つぼ》があるからではないのか」

「鼻が曲がりそうだ。他を当たろう」

出ようとしたところへ、大和が来た。

慌てて頭を下げる兵たちに、鋭い目を向ける。

「箱の底を見たか」

兵たちは戻り、箱から布団を出して確かめた。

大和は、中奥御殿の中心にある物置部屋を見回し、一点に目を止めた。そこへ、荒木が来た。

「満田殿が、ひとつ思い出したことがあるそうです」

媚《こ》びた上目遣いの荒木が、満田の袖を引いて中に入らせた。

満田は怯え切っており、大和を見ようとしない。

荒木に促されてようやく、満田は口を開く。

「あなたがたが押し入られた時、上様をお隠ししろという声を聞きました。あれはおそらく、御大老ではないかと」

「どこで聞いた」

「先ほどの、囲炉裏部屋の近くです」

「そうか。よし、戻ろう」

先に行けと言われた満田が中廊下に出て、角を曲がって裏庭が見える廊下を表御殿に向かった時、いきなり背中を斬られた。

一太刀浴びせた大和が、庭に落ちて絶命する満田を見下ろす。

腰を抜かした荒木は、平身低頭した。

「命ばかりは、お助けを」

大和は鼻で笑う。

「表御殿は調べ尽くしている。このじじいは、我らを中奥御殿から遠ざけようとしたのだ。これより奥を探すぞ」

応じた兵たちが襖《ふすま》を開け、部屋という部屋を調べにかかった。

大和は、うずくまっている荒木に、満田の骸を片付けさせた。

六

寝所から出た信平は、夜明けの空を見つめていた。

背後に来た松姫が、上着をかけてくれる。

「眠れなかったのですか」

赤坂までは大筒の音は聞こえないが、浅草の戦が気になっていた。

廊下に足音がした。見ると、善衛門が急いでいる。

信平は松姫を下がらせ、善衛門に歩み寄った。

「おお、殿、お目ざめでしたか」

「浅草が決着したのか」

「いえ。たった今、正房が気になることを伝えてきました。城の警固に召し出された配下の者に、様子を知らせるよう命じていたそうですが、いっこうに音沙汰がなく、確かめに行ったところ、門前払いを食らったそうです」

「城の門はすべて閉ざされたのだ。入れぬのは当然であろう」

「入れぬのは分かりますが、上役に文を届けられぬのは妙です。正房が門番にそう問いましたところ、昨夜、若年寄の大垣殿が警固に駆け付けて以来、本丸御殿から一人も出てこず、宿直が交代する刻限になっても、本丸御殿への出入りを許されぬことになったと言われたそうです」

「厳重なのは分かるが……」

信平も引っかかるところがあり、家綱を案じた。

「城にまいる」

「では、お供します」

善衛門は信平がそう言うとふみ、すでに支度をしていた。

松姫の手を借り、白い狩衣を着けた信平は、狐丸を手に出かけた。

佐吉たち家来を屋敷に残し、善衛門と城へ急いだ信平は、半刻も要さず大手門前に到着した。

鉛色の雪雲が垂れ込めていた東の空から、大筒の音が響いてきた。

「浅草は、まだ決着していないのか」

そうこぼしつつ歩みを進めると、先客がいた。大名駕籠がいくつかあり、家来たちがひしめいている。

そのあいだを抜けて大手門に渡ると、門番と大名の家来が言い争っていた。将軍から酒井の許しがない限り誰も入れぬという門番に対し、大名の家来は、今日という日に拝謁を許され、献上の品を持ってきたと詰め寄っている。

信平が行くと、別の門番が助けを求める顔をして頭を下げた。

「鷹司松平様、申しわけございませぬ。浅草の戦に勝利するまで、お通しできませぬ」

顔見知りの門番が嘘を言っているとは思えず、信平は承知して下がった。

それを見た大名の家来が、

「鷹司様も入れぬなら、いたしかたない」

納得して、門から離れた。

信平は北に向かって歩み、本丸御殿の屋根が見える場所に移動したところで立ち止まった。

「善衛門、どう思う」

「銭才の攻撃を警戒しているようですな。兵も駆り出されておりますから、浅草が決着するまで門を閉ざすのは、賢明な策かと。正房にも、騒ぐなと言うてやります」

「ふむ」

本丸御殿に繋がる門はすべて閉ざされ、逃げようとした者は大垣にことごとく討ち取られ、本丸御殿は孤立していた。大手門の者も信平も、そのことに気付かないのだ。

番町《ばんちょう》の屋敷に行くという善衛門に、信平は付き合うことにした。

「久しぶりに出たついでに、町の様子を見ておこう」

遠回りにはなるが、正房から直《じか》に聞きたいと思う信平は、本丸を見上げながら堀端の道を歩んだ。

曇天により薄暗い中、本丸の木々が風に揺れている。

静かすぎると思うほど、城からは何も聞こえてこない。

大手門と目と鼻の先にある酒井雅楽頭の屋敷から、家来が忙しそうに出てきて、信平には目もくれず走り去った。

大手門に向かう後ろ姿を目で追っていた善衛門が、信平に顔を向ける。

「殿、今の者を見ましたか。本丸を見上げるなり、気色《けしき》ばんでおりましたぞ」

気付かなかった信平は、走り去る後ろ姿を目で追った。腕を横に広げて振る癖に覚えがあった信平は、足を止めて振り向いた。

「今の者、確か雅楽頭様の馬廻り衆じゃ」

「側近の者が、何を怒っておるのでしょうな。酒井殿にお目にかかって、直に訊いてみますか」

「それはよい考え。まいろう」

すぐそこにある表門に足を運んだ。

善衛門が身分を告げて目通りを願うと、門番の二人は顔を見合わせ、困惑した顔で応えた。

「殿は、宿直でございます」

「何、城におられるのか」

「はい」

「では、先ほど出ていかれたご家来は、雅楽頭様に伝言か」

「使者が来られたあとで急に出かけられましたが、どういった御用かまでは存じませぬ」

「そうか……」

「邪魔をした」

あっさり引き下がる信平は、北に足を向けた。

追ってきた善衛門が、不思議そうに問う。

「殿、よろしいのですか」

「門の中にいる者が、様子を探っていた。しつこくしてはいけぬ」

飄々《ひょうひょう》と言う信平に善衛門は驚き、酒井家の門に振り向いた。

「やはり、妙ですな」

「いずれ分かる。今は、番町へまいろう」

一抹の不安を抱いていた信平であるが、家綱から、公儀にまかせるよう告げられたのを胸に、歩みを進めた。この時はまだ、江戸城の本丸が占拠されていようとは、夢にも思わなかったのだ。

平川《ひらかわ》御門に近づいた時、前から馬が馳せてきた。砂塵《さじん》を上げ、先を急ぐ侍の邪魔をせぬよう、信平と善衛門は壁際に寄った。

通り過ぎる馬上の侍は、風に目を細め、歯を食いしばっていたが、狩衣を着けた信平を見るなり驚いた顔をして、手綱をぐっと胸に引き寄せた。

馬が嘶き、土を飛ばして止まると、侍は飛び下りて信平のほうへ走ってきて、頭を下げる。

「鷹司松平様とお見受けいたしました」

「いかにもそうじゃが、麿にご用か」

侍は顔を上げた。平川御門を警固する譜代大名の家来だと名乗った門番は、懐から一枚の紙を差し出した。

「本丸から放たれたばかりの、矢文《やぶみ》にございます」

善衛門が驚いた。

「何、矢文じゃと」

悪い予感がした信平が受け取って見れば、皺だらけの文には、まだ新しい血が染みついていた。

頭を下げる門番の前で広げた信平は、まずは名を確かめた。いつも家綱のそばにいる、若い小姓の穏やかな顔が目に浮かんだ。

沢尻という小姓は、家綱と隠し部屋にいた者であるが、酒井から命じられて、決死の覚悟で外に出たのだ。

弓矢を持って、敵の目につかぬよう中奥御殿を移動した沢尻は、大奥と二ノ丸のあいだにある汐見《しおみ》太鼓櫓《たいこやぐら》まで行ったところで見つかってしまった。

弓を放ち、櫓の見張りを射殺したものの、御殿から現れた兵たちに行く手を塞がれた沢尻は、櫓に斬り込んで奮戦し、最上階まで上がったのだ。

追っ手が迫る中、弓に矢文を番えた沢尻は、櫓から三ノ丸に向かって叫び、人が気付くと矢を放っていたのだ。

三ノ丸は、明暦《めいれき》の大火で御殿が焼失して以来再建されていなかったこともあり、普段は人気が少なかった。だがこの時は、平川御門を守る者たちのあいだで、本丸の様子が妙だという話が広まり、見に来ていた者たちがいたのだ。

信平は、矢文を届けた者からその時の様子を聞き、沢尻のその後を訊いた。侍は悲痛な面持ちとなり、首を横に振った。

「頼むとだけ言われた後に中に振り向かれ、誰かと争われていましたが、次に顔を見せたのは、兜を着けた兵でした」

信平は、もう一度文を見た。

沢尻は家綱の側近だけに、信平は案じた。そして、善衛門に文を見せた。

「この字は、上様のものではないか」

信平を名指しで、静、の一文字が記されていた。字を見た善衛門は、見張った目を信平に向けた。

「確かに、上様の字です」

驚く門番に、信平が問う。

「このこと、藩侯に伝えたか」

門番は神妙な顔で首を横に振る。

「静の意味が分からず、それがしは、そなた様にお届けに向かっていたのです」

「他には、知らせておらぬのだな」

「はい」

「賢明な判断だ」

善衛門が口を挟む。

「藩侯に伝えるのは、しばし待て」

「しかし……」

「下手に騒がぬほうがよいのだ。家光公のおそばに仕えていたわしの言うことを聞け」

戸惑いながらも頭を下げた門番は、馬を引いて平川御門に戻った。

善衛門が、不安そうな顔を本丸に向けている。先ほどの口ぶりから、何か知っているに違いなかった。

信平は憂いをぶつけた。

「静の意味を知っているのだな」

すると善衛門は、この上ない険しい顔を向け、声をしぼり出すように告げた。

「静とは、静寂の間《せいじやくのま》と名付けられた隠し部屋のことかと。上様は、そこにお隠れなのです」

「意味を知るのは、ごく僅かの者ということか」

「はい。上様が殿に届けようとされたのは、静の意味を知るそれがしに、知らせようとなさったからに違いありませぬ。こちらへ」

善衛門は大名屋敷の土塀を気にして、信平を堀端に誘った。善衛門は、岸辺に寄ってきた白鳥すらも遠のけ、信平に向く。

「詳しい場所はそれがしも知りませぬが、本丸中奥御殿のどこかに、敵に攻められた時に上様がお隠れになる部屋がございます」

「四谷に逃げる抜け穴があるという噂を聞いたが、そうではないのか」

「あれは、敵を欺く《あざむく》ためのものです。実際はありませぬ」

「では、本丸が銭才に奪われたのか」

「おそらくそうかと……」

信平は衝撃のあまり言葉を失い、本丸を見上げた。

「お助けしにまいらねば」

信平は大手門に向かいながら言う。

「諸侯にお伝えし、上様が銭才に見つかる前に本丸を攻めよう」

「お待ちください」

「何ゆえ止める。一大事ぞ」

信平は走った。

善衛門は大声をあげて止めようとしたが、信平は応じなかった。一刻の猶予もないと思ったからだ。

大手門に近づくと、酒井家の門が開けられたままになっており、家来たちが大手門の門番と、入れろ、入れぬと揉《も》めていた。

あるじが戻らぬことを怪しんだ家来たちが、心配して確かめようとしているのだ。

江戸家老の顔を見つけた信平が行こうとした時、追い付いた善衛門が腕を引いて告げる。

「攻めのぼってはなりませぬ。万が一本丸御殿が火に包まれれば、上様は跡形もなく消えられてしまいます」

隠し部屋は鉄壁な守りではなく、むしろ燃えやすくされているのだと必死に訴えられた信平は、耳を疑った。

「善衛門、どういうことじゃ」

善衛門は信平をさらに人から遠ざけ、ひとつ息をついて向き合い、辛そうな顔で告げた。

「上様がおられる隠し部屋は、城を敵に囲まれて敗色が濃くなり、逃げる術《すべ》さえも断たれた時に籠もるために設けられた場所なのです。敵に首を渡さぬために、本丸御殿と共に焼けるようにされてござる」

信平は眉をひそめた。

「何ゆえ、そのような場所があるのじゃ」

「神君《しんくん》家康公が、かの織田信長《おだのぶなが》公を手本にされたと、家光公からお教えいただきました。信長公が明智光秀《あけちみつひで》の謀反に遭い、本能寺《ほんのうじ》で襲われたにもかかわらず、骸が見つからなかったのは殿もご存じのはず」

「うむ」

「骸が見つからなかったがために、信長公が生きているという噂が流れ、明智光秀に味方する武将が少なく、羽柴秀吉《はしばひでよし》に大敗して天下を取れなかった。家康公は江戸城を建てる際に助言を受けて、敵に首を渡さぬための隠し部屋を設けられたと聞いております」

「その助言をしたのは誰か」

「家光公はお教えくださりませんでした。これはそれがしの憶測《おくそく》ですが、家康公の軍師とまで言われ、徳川家の天下取りに貢献された天海《てんかい》大僧正ではないかと」

古い話だが、信平はあり得ると思いうなずき、家綱を案じた。

「ならば、こうしてはおれぬ」

「殿、どこへ行かれます」

「平川御門へ戻り、城内へ入れてもらう」

善衛門は慌てた。

「お待ちくだされ。本丸へ斬り込むおつもりか」

「そこに銭才もおるはずゆえ、麿が成敗する」

「なりませぬ！」

「止めるな善衛門」

「殿らしくもない。冷静におなりくだされ。敵は守りが堅い本丸を占拠するほどの兵を持ってございます。いかに殿でも無謀です」

信平はそれでも行こうとしたが、

「火をかけられれば、上様が危のうござる」

善衛門の一言で、足を止めた。どうにもできぬもどかしさに本丸を見上げ、唇を噛んだ。

「鷹司松平殿はおられるか！」

大声が届き、信平は大手門に顔を向けた。

善衛門がここだと応じると、大手門から一人の侍が走ってきた。

羽織袴の酒井家の者たちとは違い、甲冑を着けているその者は、城から出てきたようだ。

善衛門が問う。

「中はどうなっておる」

侍は答えず、信平に頭を下げて名も名乗らず、黙って書状を差し出した。

「御返答を賜ります」

そう述べて待つ侍を、信平は見据えた。

黒光りがする甲冑を着けたその者は、口を一文字に引き結び、眼光は友好的ではない。

「銭才の手の者か」

信平の問いに、侍は僅かに顎を引いた。

「おのれ！」

善衛門が怒鳴ったが、侍は動じぬ。

「御返答を」

信平は書状を開いた。銭才でも、家綱からでもなく、送り主は大垣だった。

首を刎ねられたくなければ、大名と旗本、御家人をすべて、家来共々江戸市中から出せ
家綱を人質にした
こう書かれ、大垣の花押《かおう》が記されていた。

善衛門は、声が使者に聞こえないところまで信平を引っ張った。

「見つかるはずはない。偽りです」

「若年寄が裏切ったのだ。隠し部屋の存在を知る者が与しているとは考えられないか」

信平が不安をぶつけると、善衛門は確信を持った面持ちで首を横に振った。

「知っているのはそれがしと、代々上様のおそばに仕えている者だけです。赤蝮の頭

領である森殿同様、その者たちは忠義に厚く、裏切るとは思えませぬ」

「だが拒めば、御殿に火をかけられる恐れがある」

これには善衛門が焦った。

「上様が人質に取られたことが広まれば、銭才になびく大名が出ます。加えて江戸から出ろなどと言えば、これはもう、銭才の勝利を認めるも同じですぞ」

「ご返答を」

急《せ》かす使者に、善衛門が振り向く。

「できるはずもなかろう」

使者は真顔で歩み寄ってきた。

「ならば、もうひとつの条件がございます」

善衛門が口をむにむにとやり、使者を睨んだ。

「申してみよ」

使者は、信平の目を見て告げる。

「信平殿お一人で、本丸御殿へお上がりいただく」

「承知した」

即答した信平に目を見張った善衛門は、腕をぐっとつかんだ。

「殿！　なりませぬ！　これは罠《わな》ですぞ！」

善衛門の大声に、酒井家の者たちが騒然となっている。

信平は善衛門に真顔で告げる。

「分かっている。じゃがこのままでは何もできぬ」

「しかし……」

「上様のためになるなら本望じゃ」

「と、殿ぉ」

死を覚悟する信平に、善衛門は声を震わせた。

信平は腕を離し、腰から狐丸を鞘ごと抜いて善衛門に預け、使者に言う。

「まいろう」

「左の物も、なりませぬ」

使者に応じた信平は、左腕から隠し刀を外して善衛門に渡した。

「殿、お待ちくだされ」

「言うな善衛門。いずれ井伊殿の知るところとなれば騒ぐやもしれぬが、そなたが抑えてくれ」

善衛門の目を見て告げた信平は、使者を促して大手門へ向かった。

よろよろとした足取りで後を追った善衛門は、信平が入って堅く閉ざされた大手門の前にへたり込み、呆然《ぼうぜん》とした。

第四話　決着の鬨

一

大手門の番人たちは、信平に頭を下げた。信平の前にいる大垣の家来に向ける表情に敵意はなく、どうやらまだ、本丸の事態を知らぬようだった。

その先の下乗御門《げじょうごもん》では、門番たちの態度は一変した。信平に向ける眼差しは鋭く、頭を下げるのは大垣の家来にのみで、門内に足を踏み入れると、正規の門番たちが手足を縛られて車座にされ、猿ぐつわを嚙まされていた。

信平に気付いた一人が何か言おうとしたが、言葉にならない。それを機に、うな垂れていた他の者たちが信平に顔を向け、太刀を帯びていない姿に、落胆の色を濃くした。

槍を持った見張りに頭を下げられた大垣の家来が、信平に告げる。

「本丸は、完全に我らの手に落ちておる。外の者どもが知ったところで、将軍がおる限り、手も足も出せまい」

信平は何も答えない。

家来は前を向き、中ノ門に向かう。

石垣の上にある城壁を見上げると、狭間《はざま》からこちらを見ている兵の気配がある。火縄の匂いがしたのは、程なくだ。妙な動きをすれば、狭間から鉄砲で撃つつもりなのだ。

城壁の狭間から狙われている気配は、本丸への坂を上がるまで続き、中雀門を潜ると、鉄砲を持った五人が狙いを定め、表玄関に向かう信平に筒先を向け続けた。

本丸御殿には兵がおり、廊下や壁や障子には、戦いの跡が生々しく残っている。連れて行かれたのは、表御殿の黒書院だ。

上段と下段、囲炉裏、西湖《さいこ》、溜《たまり》の部屋があり、縁側を合わせると二百畳に近い広さ。御三家をはじめ、大名の家督相続などに使われる格式高い座敷の上段の間は、将軍にしか許されぬ場所。

いつも家綱が座していた場所に目を向けた信平は、唇を引き結んで見据えた。黒い狩衣を着けた銭才が、近江を従え、江戸城のあるじのごとく座していたからだ。

大老が座していた場所にいる近江の横には、赤い陣羽織を着けた、信平が知らぬ男がいる。その者は、薄笑いを浮かべた顔で信平を見ていたが、やおら立ち上がり、右手に持っていた太刀を左手に持ち替え、信平に歩み寄ってきた。

「もっと武骨な野郎かと思うていたが、なるほど、公家の血を引くだけあり、こうして間近で見ると、越後を倒すほどの遣い手には見えぬな」

「大和、無駄口をたたくな」

近江に言われた大和は鼻で笑い、信平から離れて近江の正面に立ち、銭才を守る構えを見せた。

信平は、銭才の左下手に座している大垣に目を向けた。

大垣は恐れた面持ちで前を向き、信平を見ようとしない。

銭才が信平に微笑み、手招きした。

「そこへなおれ」

声に応じた大垣の家来が、信平の腕をつかんで前に歩ませ、銭才の顔がはっきり見える位置で肩を押してきた。

信平は抗わず正座し、銭才の目を見る。

白濁した左目を細め、見えるほうの右目を真っ直ぐ向けてきた銭才が、薄い唇を開く。

「そのほうのこれまでの働きは、見事じゃ。鷹司の倅《せがれ》が、まさかここまで余を攻めるとは思いもしなかった。じゃが、一歩、及ばなかったのう。家綱は余の手中にある。返してほしければ、今すぐ、この場に薫子を連れてまいれ」

信平は、銭才と目を合わさず、皮膚が垂れた喉を見据えて応じる。

「麿を中に入れたのは、薫子が目当てではあるまい」

「口答えをするな！」

怒鳴った大和が信平に迫ろうとしたが、銭才が止め、穏やかに告げる。

「そう申すと思い、手を回しておる。家綱を我がものとしたと、宮中をはじめ、上方中に広めておいた。道謙の耳にも入っておろう」

「すべて、そちの思うままになっていると言うのか」

眼差しを上げる信平に対し、銭才は余裕の表情だ。

「いや、道はそのほうに狂わされた。じゃが、行き着く場所は変わっておらぬ。遠回りをさせられておる薫子も、いずれここに来る」

「あり得ぬ」

「道謙が隠しておるからそう申すのだろうが、奴にはできぬ。家綱が余に捕らえられているると知れば、必ず薫子をよこす」

「そのほうが道謙様の、何を知っているというのだ」

「道謙が宮中から身を引くまで、余は親しんでおったのだ。徳川のせいで宮中から遠ざけられた余とは違い、庶子《しょし》である道謙は、己の存在が世を乱すのを恐れて隠棲した。そんな男の弱点は、情だ」

「分かっておらぬ。道謙様は、甘いお方ではない」

銭才は鼻で笑った。

「そのような偽り、余には通じぬ。弟子であるそのほうのことは見捨てても、家綱を見捨てるような男ではない。家綱がこの世から消えればどうなるか、よう分かっておろう。道謙は、この世が乱れるのを恐れておる。そのほうも、道謙の薫陶《くんとう》を受けたからこそ、家綱のために、丸腰でこの場におるのではないか」

答えぬ信平に、銭才は穏やかに告げる。

「世の安寧を願うなら、徳川を見限り、余と手を結べ。二人でこの国をひとつにして、朝廷も幕府もない世の中で、民を導かぬか」

「口ではどうとでも言える。そちの狙いは、宮中に返り咲き、己の思うままに世を支配したいだけであろう」

「それで民が富めばよいではないか。狭い国の、狭い土地にしがみついて暮らすのはもうしまいだ。これに控える者と共に大陸に渡り、広い土地を手に入れてやれば、百姓は飢えることはなくなり、民は富む」

信平は、銭才が示したほうに顔を向けた。近江の背後に、商人の身なりをした成太屋がいる。

成太屋は信平に会釈をして、悪い笑みを浮かべた。

信平は成太屋を見据えたまま、銭才に訴えた。

「戦の果てに残るのは、富ではなく屍《しかばね》の山だ。民を泣かせる者には従わぬ」

笑う銭才に、信平は顔を戻した。

ひとしきり、愉快そうにした銭才が、笑みを消して問う。

「徳川も、数多《あまた》の屍の山を乗り越えて今がある。されど、繁栄の陰で泣いておる者は、少なくない。天下泰平《たいへい》の世とは、下々の者が飢えることなく、誰もが笑える世のことを言うのだ。今の徳川の世はどうじゃ。数多の悪党どもを成敗してきたそなたならば、言わずとも分かっておるはずじゃ」

信平は、銭才の目を見た。

「耳をかたむけとうなる志《こころざし》だが、ふたたび戦乱の世に戻す道に進むそちには、賛同できぬ」

「徳川の威光はもうすぐ地に落ちる。余に味方せねば、後悔するぞ。これがしまいじゃ。信平、余の手を取れ」

銭才は右手を差し出したが、信平は微動だにしない。

目を閉じた銭才は、ひとつ息を吐いて手を下ろした。

「惜しいことよ」

信平は耳を貸さず、大垣を見た。

大垣は目を合わせようとしない。

信平はその表情をうかがいつつ、やおら立ち上がった。

「動くな！」

背後にいた家来が怒鳴り、肩を押さえようとした手をつかんだ信平は、手首をひねり倒した。

大和が抜刀して守る銭才に、信平は歩む。

大垣が立ちはだかって両手を広げ、大声をあげた。

「家綱の首が刎ねられてもよいのか！」

信平は大垣を睨む。

「上様はどこにおられる」

大垣は、信平を正面から見据えて応じる。

「奥で、大人しゅうしておる」

「ご無事をこの目で確かめるまでは信じられぬ。そこをどけ」

「嘘ではない！」

怒鳴る大垣をどかせた大和が、信平に切っ先を向ける。

「座れ。家綱にはあとで会わせてやる。その前に、銭才様が訊きたいことがあるそうだ」

殺気に満ちた大和の目を見た信平は、下がって元の場所で正座した。

大和が下がり、ふたたび向き合う銭才が、不思議そうに口を開いた。

「いかに徳川とて、所詮《しょせん》は武家、格は余に劣るのだ。鷹司家の血を引くそなたが、何ゆえそこまで、家綱に忠義を尽くす」

「徳川には、厚恩《こうおん》がある」

銭才は声に出して笑い、呆れ顔をした。

「孝子《たかこ》殿を頼って江戸にくだったそなたを、確かに徳川は家来に加えた。そして紀州の娘を嫁に与えたが、禄高はたった七千石。それで厚恩に思うほど、安い男ではあるまい。徳川に陶酔するわけは、なんじゃ」

隙あらば付け入ろうとしているに違いない銭才の右目が、信平を見据えている。一方の左目は白濁しているはずなのに、妖しい光を帯びており、心底を見透かされている気がした信平は、むしろその左目を見つめ、真っ向から受け止めた。

「麿は今の暮らしに満足こそすれ、不服に思うたことはない。家綱公は我が主君、お命を救うのが臣下の務めじゃ」

銭才は、食えぬ奴じゃとこぼし、目を細めて告げる。

「その家綱のあるじは帝じゃ。二人はともかく、徳川と朝廷は腹の探り合いばかりで、世の民を安寧に導いておるとは思えぬ。小さき忠義など捨てて、大志を抱け。先帝の血を引く薫子の下で、公家として朝廷に連座し、天下を動かしてみよ。薫子には、そなたと信政が必要なのじゃ」

「くどい」

聞く耳を持たぬ信平に、銭才は頰を引きつらせた。乗り出していた身体を引き、落胆の色を濃くして信平を見据える。

「徳川家に厚恩があると申したが、周りをよう見よ。どうやって家綱を救う気じゃ」

「上様のおんためならば、いかようにもする所存」

「見上げた武者ぶりよのう」嘲笑した銭才は、右目を鋭くした。「余のために、何をしてくれる」

「望みを申せ」

「では、大手門に集まっている甲府宰相《こうふさいしょう》と、御三家の首を持ってまいれ」

「麿にできるわけもなかろう」

「なんでもすると申したばかりではないか」

「できることのみじゃ」

「家綱の首を刎ねると申してもか」

信平は、この場に広がる殺気を感じつつ、銭才から目を離さない。

笑みを消した銭才は、鋭い眼差しで告げる。

「では、今ここで腹を斬れ。さすれば、家綱の命だけは取らぬ」

「承知した。だがその前に、ご無事を確かめたい」

銭才は、真顔で信平を見据えたまま、ゆるりと手を振った。

応じた大和が信平に歩み寄り、薄笑いを浮かべて、控えている配下に告げる。

「信平が少しでも抵抗すれば、家綱の首を刎ねよ」

信平が大和を見上げ、銭才に告げる。

「上様に何かあれば、薫子の命はないものと思え」

「殺しはせぬ、貴様がじっとしておればな！」

大和に胸を蹴られた信平は仰向けに倒れたが、表情を変えることなく、起きて正座した。

「いつまですました顔をしておれるか」

大和は拳を振り上げた。

左の頰を殴られた信平は、じっと銭才を見つめる。腹を太刀の鐺《こじり》で突かれ、たまらず呻いた。

大和は、腹を押さえて苦しむ信平の背中を鐺で突き、倒れたところを激しく痛めつける。

近江は冷酷な眼差しを向け、大垣は、いい気味だ、という顔で見ている。

腹と背中を何度も打たれた信平は、血反吐《ちへど》を吐いた。

「信平……」

銭才が声をかけると、顔に鐺を打ち下ろそうとしていた大和が寸前で止め、腕を抱えて起こし、銭才に向かって座らせた。

呟き込んだ信平は、顔を上げて銭才に目を向けた。

銭才は表情穏やかに告げる。

「おぬしは公家でありながら、たいした武者ぶりじゃ。余をここまでてこずらせた褒《ほう》美《び》に、もう一度、機を与えてやろう。薫子の力になると言え」

「我が主君は、家綱公のみじゃ。会わせよ。ご無事が分かれば、腹を斬る」

銭才が厳しい面持ちとなり、ふたたび手を振った。

大和は信平の背中を、鞘に入れたままの太刀で激しく打った。

激痛に気を失った信平を見下ろした大和は、廊下に控えている者に水を持ってこいと命じた。

程なく桶に汲《く》んだ水が届けられると、大和は畳が汚れるのも構わず、信平の顔にかける。

息を吹き返した信平は酷《ひど》く呟き込んだが、大和は容赦なく背中を打ち、腹を鐺で突いて痛めつけた。

信平の白い狩衣が、口から流れた血で汚れている。

信平はそれでも耐え、決して、銭才に屈しない。

大和は、そんな信平に苛立ち、ついには太刀を配下に預け、素手で信平の前に立った。

「立て、向かってこい！」

血と汗に汚れた畳に両手をついて耐えていた信平は、大和ではなく、銭才に顔を向ける。

「家綱様に、会わせてくれ」

信平は、燃えやすく細工されている隠し部屋に家綱がいるのか、そこを確かめたいのだ。

対する銭才は、ひとつため息をついた。

「見上げた忠義よ。のう、大垣」

大垣は軽く頭を下げて応じる。

「この者はまだ、銭才様を知らぬのです。じっくり説けば、必ずや……」

「もうよい」

止めた銭才は、信平を見ながら告げる。

「こ奴は、家綱が例の燃えやすい部屋におらぬか案じておるのじゃ。そうであろう、信平」

信平は大垣を見た。

「知っていたのか」

大垣は不機嫌に答える。

「知るはずもない。大和殿が見つけたのだ」

銭才が信平に告げる。

「薫子のために働かぬ愚か者に用はない。望みどおり会わせてやるゆえ、腹を斬れ」

大和が配下に、信平を廊下へ引きずり出せと命じた。

二人の配下に腕をつかまれた信平は、廊下に引っ張られ、正座させられた。

庭を挟んだ先にある中奥御殿の廊下に、家綱と酒井が連れ出されたのは程なくだ。

痛めつけられた信平を見た家綱が、目を大きく見開いた。

「信平！」

こちらに来ようとした家綱を、銭才の家来が引っ張って止める。

酒井は信平に、悔しそうな顔を向けている。

家綱が叫ぶ。

「信平、余のために来るとは、愚か者め」

口ではそう言っている家綱の顔は、哀れみに満ちている。

家綱の本音を読み取った信平は、安堵の笑みを浮かべた。

「これで満足か。自分が言うたとおりにしろ」

大和が信平に脇差を差し出した。

受け取る信平に、家綱が目を見張る。

「信平、何をするつもりじゃ」

信平は家綱を見た。

「上様のご無事を皆が知れば、喜びましょう。決して、自らお命を絶たれてはなりませぬ」

「よせ、余は許さぬ！」

叫ぶ家綱の背後には、刀を抜いた銭才の家来が立っている。

もとより覚悟のうえで本丸に上がった信平は、大恩ある家綱に穏やかな笑みを浮かべて頭を下げ、脇差を抜いた。

絶句する家綱。

酒井は、不安そうな顔をしている。

いっぽう、黒書院に座している銭才は目を閉じ、唇を引き結んでいたが、近江にこぼす。

「愚かな奴じゃ」

近江は不服そうな顔で銭才を一瞥し、こちらに向いている配下に顎を引いた。

応じたその者は、信平の背後に立ち、抜刀した。介錯《かいしゃく》をしようとするその者を横目で見た信平は、前を向き、脇差を逆手に持つ。目に光が入ったのはその時だ。見ると、庭の植木の中から光が発している。明らかに、信平に向けられていた。

何かの合図だろうと思うのと、中奥御殿に近い植木が動いたのは同時だった。それは目の錯覚であり、植木が動いたのではなく、枝葉と同化していた人間が前に出たのだ。

その者は植木から出るなり、手裏剣を投げた。

棒手裏剣は家綱の右頰を掠《かす》めそうなほどの距離を飛び抜け、背後で刀を持っていた敵の眉間に突き刺さった。

敵が声もなく倒れるのを見た信平は、介錯をしようとしていた者に振り向きざま脇差を一閃し、足を斬る。

足を払われて倒れたその者の胸に脇差を突き刺した信平は、太刀を打ち下ろす大和の攻撃をかわして右に転がり、飛びすさって間合いを空けた。介錯人から奪っていた刀をにぎる信平は、無言の気合をかけて迫る大和の太刀を弾き返し、右手で一閃する。

両手を広げて引き、切っ先をかわした大和が、信平を睨む。

「おのれ、まだ動けたか」

信平は左足を出し、右手ににぎる刀を背後に隠す構えをして大和を見据える。

大和の背後では、枝葉に紛れる色合いの装束を纏った二人が敵と戦い、家綱と酒井を取り返した。

目の前に迫る殺気に、信平は身体が勝手に動く。

大和が気合をかけ、太刀を打ち下ろす。

銭才の十士だけあり、太刀筋は鋭い。だが、信平には通じぬ。

刃風を感じる距離でかわした信平は、見開く大和の目を見つつすれ違いざまに、刀を一閃した。

確かな手ごたえを得て、右手の刀を前に出したまま止まる。その背後で、大和は呻いて倒れた。開けたままの目からは、力が失せている。

「上様！」

叫び声がしたのはその時だ。

振り向く信平の目に入ったのは、助けた二人が倒れ、家綱と酒井が敵に囲まれているさまだった。

三倉内匠助の太刀を右手に提げている近江が、信平に向く。

「赤蝮が潜んでいたとは、不覚であった。ただ腹を斬らせたのではおもしろうない。家綱を助けたければ、まずはおれを倒せ」

余裕の面持ちで告げた近江は、正面を向いた。

信平は刀を右手ににぎって迫る。

片笑んだ近江は、両手で太刀をにぎって低く構えた。

信平が一閃した刀と、近江が振るう太刀がぶつかって火花を散らした。両者すれ違い、すぐさま振り向いて刀を振るう。また刀が激しくぶつかり、日の光を反射しながら回転した刀身が、御殿の壁に突き刺さった。

折れたのは、信平が持っていた刀だ。

鍔の先がないのを見た信平が、飛びすさって間合いを空けるも、目の前に近江が迫った。そして、唇に薄い笑みを浮かべるのがはっきり見えた刹那、信平は、腹を峰打ちされた。

激痛に呻いた信平は、倒れまいと耐えた。そして、家綱を助けるべくそちらに走ろうとしたのだが、目の前が急に暗くなり、うつ伏せに倒れた。

信平の後ろ首を峰打ちした近江は、太刀を鞘に納め、家綱と酒井に真顔を向けた。

縁側に出てきた銭才が、倒れている信平を見て、落胆の息を吐いた。

「殺すのは惜しいほど、儀に厚い男じゃ。徳川なんぞに孝子殿が輿入《こしい》れしておらねば、今頃は余と共に、天下泰平の世を作っておったやもしれぬのう」

「おのれ銭才！」

怒りを露にする家綱だったが、まるで相手にせぬ様子の銭才は、手を振って指図をした。

家来たちが家綱と酒井を中に入れ、障子が閉められる。

そのあいだも信平を見ていた銭才は、近江に何ごとかを命じて、黒書院の中に消えた。

二

「信平……。起きよ、起きよ！」

舅の紀州頼宣が、不機嫌極まりない顔で怒鳴った。

目を開けた信平は、磨き上げられた床を見て夢と気付き、同時に、近江を倒すべく起き上がったのだが、手足を縛られている。

捕らえられた己を、舅頼宣が起こしてくれたのだと思い、目をつむる。

両足を投げ出して座し、ここはどこだろうと見回す。漆喰で固められた格子の向こうには青空。壁に柱はなく、すべて漆喰で隠されている。背後に振り向いて見れば、人が背中を向けて倒れていた。信平は横になって、顔が見えるところまで床を転がった。すると、森能登守だった。着物が血で汚れ、意識はない。息をしているのだろうかと身を寄せ、鼻に顔を近づけた。

人の声がしたので足もとを見ると、黒光りがする甲冑を着けた見知らぬ侍が段梯子を上がり、続いて、樽《たる》を担いだ兵たちが上がってきた。

信平は気を失っているふりをした。すると侍が、そこへ置け、と指図し、樽が積み上げられていく。

「気をつけろ。慎重にやれ」

やや声を震わせて指図をする侍が、先に下りていった。

「桑原《くわばら》、桑原」

念仏のように繰り返していた兵が、そっと床に下りる足音をさせたかと思うと、気をつけろ、などとささやきながら、段梯子を下りていった。

信平が目を開けて見れば、樽がいくつも積み上げられ、ひとつだけ、手の届かぬ梁《はり》に置かれ、樽の上から、細く青白い煙がたゆたっている。香りで、それが線香だと分かった信平は、目を見張った。線香は、盛られた火薬に立てられているからだ。下から火を着けて持ってきたと思しき線香は、すでに半分まで減っている。時がない。

信平は森を揺すり、声をかける。

怪我を負い、弱っている森は呻き、僅かに目を開けた。起こしたのが信平だと知って驚き、声をしぼり出した。

「どうして……」

外から大声がしてきた。

「者ども！　我らに逆らう信平と赤蝮の最期を、とくと見るがいい！」

これに応じて、遠くから怒号が響いてくる。

森が火薬の樽を見て顔をしかめ、信平に告げた。

「ここは、大名《だいみよう》小路《こうじ》が望める二重櫓の中だ。奴らは、堀の向こうに集まっている者たちの前で、我らごと櫓を吹き飛ばす気だ」

信平は、格子窓に顔を向けた。

「見せしめですか。本丸を守る櫓が崩れれば、城に籠もる銭才にとっては不利になるはず。それもよいでしょう」

「あきらめるな。それに奴らは、江戸城に居座るつもりはない。徳川天下の象徴であるこの城を、消し去るつもりなのだ」

森は痛みに耐えて信平の足下に向きを変え、縄に齧《かじ》り付いて解きにかかった。

信平も森の縄を嚙んで解こうとしたが、森が離した。

「やめよ。縄には毒が塗られている」

驚いて森から足を遠ざけようとしたが、嚙んで離さない。

森は早くも、毒の苦しみに襲われはじめたが、残る力を振りしぼり、信平の縄を解いた。

信平は立ち上がり、森の前に片膝をつく。

「必ず助けます」

すると森は、微笑んだものの血反吐を吐いた。

「深手を負い、どうせ助からぬ身だ。よく聞け。下の階の堀に面したところに、石垣を攻めのぼる敵を防ぐための細工がされた場所がある。堀に向かってせり出た床に石が積まれておるから、石ごと、力いっぱい踏め。そうすれば床が下に開く。そこから逃げてくれ」

信平は線香を見上げた。腕を縛られているため、どうすることもできない。

「時がない、行け」

森が言うとおり、線香は無情にも短くなってゆく。

信平は森を見つめた。

森は、穏やかな顔で言う。

「必ず、上様を助けてくれ。行け」

手が届かぬ場所にある線香の火は、今にも火薬に触れそうだ。

信平は頭を下げ、歯を食いしばって段梯子に向かった。階下に下り、堀に面した壁に走る。すると、教えられたとおり、人の頭ほどの大きさの石が積まれた一画があった。

「さらばじゃ！」

森の大声を聞いた信平は、石のてっぺんめがけて、力いっぱい踵《かかと》を落とした。がらがらと石が崩れ落ち、堀の水面が見えた刹那、櫓が爆発した。

堀の対岸に集まっていた大勢の者たちの前で、櫓が吹き飛んだ。飛ばされた瓦や壁が堀に水柱を立て、破片は対岸にも届いた。

一瞬にして二重櫓が消滅し、鉄壁の守りを誇っていた江戸城の一画に穴が空いた。

堀の対岸にいた善衛門が、よろよろと前に出てへたり込んだ。

「佐吉、佐吉！」

呼ばれた佐吉が我に返り、善衛門に近づく。

「殿が脱出されたのを見たか」

佐吉は、唇を震わせて答えない。

「どうなのじゃ！」

「爆発に気を取られて、よう分かりませぬ。ご老体は、どうなのです」

「わしも……」

声を詰まらせた善衛門の横で、他家の家来たちが話す声がした。

「石垣まで崩れるほどの爆発だ。あれでは助からぬぞ」

「まったく、酷いことをする」

「勝手に決めるな」

佐吉が食ってかかった。助からぬと言った侍の胸ぐらをつかみ上げ、目に涙をためて怒鳴る。

「殿が死ぬものか。死にはせぬ！」

苦しむ他家の家来を助けようと周りの者が佐吉に飛び付き、押さえ込もうとしてもみ合いになった。

佐吉が泣き叫び、善衛門が放心している。

その騒ぎが届かぬ本丸の、富士見《ふじみ》櫓の最上階から見ていた銭才は、背後で腰を抜かしている家綱に振り向き、穏やかに告げる。

「これで、余の天敵は消えた。薫子が余のもとへまいれば、徳川の天下を終わらせてやろう。案ずるな、そちの命は取らぬ」

家綱は、銭才を睨んだ。

「薫子は、そのほうに利用されるのを拒んでおると聞く。来るものか」

銭才は微笑む。

「そなたが人質になることは、前もって上方中に触れ回っておる。薫子を隠しておる者にも届いておろう。ゆえに薫子は、そろそろ江戸に来る頃じゃ」

「徳川を甘く見るな。天下は、そう容易く奪えぬ」

「まあ、見ておるがよい」

銭才は、家来に顎で指図した。

応じた二人が、家綱の両脇を抱えて立たせた。

家綱は抗わないが、銭才に怒りの目を向けつつ階下に下りてゆく。

背中を向けて見もせぬ銭才は、格子窓から、眼下の崩れ去った櫓の跡地を眺めながら、唇に笑みを浮かべる。

「近江」

「はは」

「赤蝮と信平の骸を探させよ」

「おそれながら、跡形もなく吹き飛んだかと」

銭才は振り向き、じろりと睨んだ。

無言の威圧に触れた近江はすぐさま頭を下げ、

「御意のままに」

階下に下りてゆく。

銭才が本丸御殿の黒書院に戻って一刻（約二時間）が過ぎた頃に、近江が戻ってきて片膝をつき、右手を差し出して告げる。

「肉片をいくつか見つけ、堀にこれが浮いてございました」

血に染まった白い布切れを手に取った銭才は、目を細めた。

「確かに、信平の狩衣か」

「森は白い絹を纏っておりませぬ」

銭才は投げ置き、近江を見据えた。

「外の者どもは、いかがしておる」

「家来どもが一時騒いでおりましたが、対岸でも生地を拾い上げたらしく、今は静まり返ってございます」

「信平の死を知り、意気消沈《いきしょうちん》したか。薫子が来れば、手筈どおりに動け」

「承知しました」

近江が下がるのと入れ替わりに、大垣が来た。正面に座して頭を下げるのをじっと見据えていた銭才が、真顔で告げる。

「落ちたか」

「はい」

大垣は、二ノ丸に立て籠もっていた徳川方の者たちに、家綱のために降伏するよう説得していたのだ。

応じて二ノ丸を明け渡したことで、内堀で囲まれた本丸と二ノ丸は、銭才が掌握《しょうあく》した。

「次は、西ノ丸を落とせ」

「御意！」

大垣は、明日の朝までに落として見せると豪語し、銭才の前から下がった。

その言葉どおり、西ノ丸を守っていた者たちを従わせた大垣は、夜中のうちに己の家来を入れて守らせた。

翌朝、戻った大垣を労《ねぎら》い、褒美まで与えた銭才は、機嫌よく告げる。

「薫子さえ余のもとへまいれば、天下は動きだす。そのほうの望みも、思うままじゃ」

頭を下げた大垣は、含んだ笑みを浮かべた。

三

銭才が望んだとおり、薫子は江戸城の大手門前に到着した。西ノ丸が落ちて二日後だ。

集まっている侍たちは、胴丸や甲冑を着け、槍や弓を持っている。

江戸市中の民は、穏やかな暮らしをしているようだったが、城門を潜り、大手門に近づくにつれて物々しさが増している。

集まっている侍たちの中に行こうとする薫子の手をつかんで止めたのは、編笠を着け、野袴と羽織の旅装束を纏った信政だ。

周囲にいる侍たちは、薄紫の着物を着て、枲《むし》の垂れ衣《ぎぬ》で顔を隠した古風な旅装束姿の薫子を、世間知らずの武家娘と思ったのか、殺気立った顔で見ている。

信政は人目を避けるべく、薫子を離れた場所まで下がらせた。

江戸城が銭才に奪われ、家綱が人質になった知らせが届いたのは半月前。隠れ家の麓《ふもと》に食べ物を求めに行っていた信政の耳にも入り、急ぎ道謙に知らせた。信政は迂闊だった。気が動転して、隠れ家の廊下にいた薫子に気配りを欠いて、口に出してしまったのだ。

道謙は、気にする薫子を、下御門の策ゆえ聞き流せと諭し、信政には、所司代に事実を確かめさせた。

応じた信政が京に戻ってみると、町が騒ぎになっていた。戦を恐れ、荷物を持って逃げる者たちで道が埋まっていたのだ。

なんとか通り抜けて二条城まで行くと、大勢の兵が集められていた。

銭才の手の者が噂を広めたところへ、大垣の家来が馬を飛ばして二条城へ駆け込んだことで、所司代の永井は慌てふためき、銭才に寝返る大名の挙兵に備えていたのだ。

永井本人に確かめた信政は、銭才の策にまんまと騙され、急いで道謙に伝えた。

共に聞いていた薫子は、家綱のために江戸にくだると言いだし、信政が止めても聞かなかった。

薫子の覚悟を見抜いた道謙は、

「死ぬ気か」

そう問うた。

これに対し薫子は、一点の曇りもなき目で道謙を見つめ、隠れていては、何も解決しないと言ったのだ。

うなずいた道謙から、信政はこう告げられた。

「共に江戸へ戻り、信平と薫子を守ってやれ。決して、死なせてはならぬ」

師匠の命令を胸に、薫子を守って馬で江戸に戻った信政は、赤坂の屋敷で八平から話を聞き、その足で江戸城に来ていた。

八平は、信平と家来たちは城に出かけたまま、何日も帰っていないと告げたのだ。

信平が捕らえられ、櫓ごと吹き飛ばされたことを、善衛門たちは誰も、知らせに戻っていなかったのだ。

そうとは知らぬ信政は、

「まずは父を捜しましょう」

薫子の手を引いて、別の場所に向かった。

背が高い佐吉ならば、大勢の中でも見つけられると思い歩いていると、堀に近い大名小路に、見紛《みまが》うはずもない大柄の後ろ姿を見つけた。

「いました。行きましょう」

手を離さぬ信政に、薫子はうなずく。

ここにも大勢の侍が集まっており、信政は少し離れたところから声をかけた。

「佐吉！」

気付いた佐吉が、声の主を捜してあたりを見回した。

「佐吉、ここだ！」

声に応じて振り向いた佐吉が、侍のあいだで手を上げたのが信政だと気付き、顔を歪めた。

「若君！」

大声をあげて、侍たちをどかせてきた佐吉は、目を真っ赤にして、泣き腫らしている。

信政は、初めて見る佐吉の様子に驚いた。

「どうしたのだ」

「若、殿が、殿が……」

声を詰まらせる佐吉に、信政はいやな予感がした。

「父がどうしたのだ。泣いていては分からぬ」

「銭才に呼ばれて城に入られたきり、戻られませぬ」

「亡くなられたのだ」

誰かの声がした。

信政がそちらを見ると、侍たちが揃って、気の毒そうな顔でこちらを見ていた。

信政は佐吉を見た。

「佐吉、悪い冗談はよせ」

「亡くなってなどおられませぬ。殿に限って、あり得ませぬ」

言い張る佐吉の背後から、頼母が来た。

信政に頭を下げる頼母も、悲しそうな目をしている。その肩越しに、崩れた石垣が見えた。あったはずの二重櫓が、土台ごと消えている。

「頼母、何があったのだ」

不安を隠さず問う信政に、頼母は包み隠さず話した。

胸が苦しくなるほど動揺した信政は、たまらず片膝をついた。

「嘘だ。父に限って、そのようなこと……」

信政は頼母と佐吉をどかせて、堀端へ走った。崩れた石垣が、爆発の大きさを物語っている。ふと横を見れば、白髪の髭《ひげ》が伸びた善衛門が地べたに正座しており、じっと堀に目を向けている。その手には、白い布がにぎられていた。

「善衛門、それはまさか、父の狩衣か」

声に応じてゆっくり顔を向けた善衛門が、見る間に涙目になり、悲しみを抑えられなくなったように嗚咽《おえつ》した。

信政はその手から、白い切れ端を取った。縁が焦げた布を見ても、信政はまだ信じられなかった。だが誰も、逃げる父の姿を見ていないのは事実。

布切れをにぎり締めた信政は、右肩に差し伸べられた手に顔を向けた。

横に並んだ薫子が、崩れた石垣を悲しそうな顔で見つめ、信政に言う。

「下御門のもとへ行かせてください」

善衛門が驚いた顔を向けた。

「若、薫子様ですか」

善衛門の大声に、信政は慌てた。

「静かに」

善衛門は慌てて口を塞いだが、もう遅かった。銭才の要求は、城を囲む者たちに周知されており、善衛門の声を聞いた周囲の侍たちが騒ぎはじめた。

薫子を連れて去ろうとした信政だったが、徳川方の兵に囲まれてしまった。

信政は、どうにか下がらせようとしたのだが、兵たちは応じない。その兵たちを分けてきたのは、若年寄の堀田正俊《まさとし》だ。

自ら名乗った堀田が、信政には気の毒そうにするものの、薫子に対しては厳しく、兵に捕らえるよう命じた。

信政は薫子を守り、兵を近づけさせぬ。

すると堀田が、厳しく告げた。

「上様が殺されてもよいのか」

信政は、堀田に問う。

「捕らえて、どうするつもりですか」

「決まっておる。上様と交換するのだ」

信平がいない今、信政はどうすべきか分からず、善衛門を見た。

善衛門は渋い顔をして、そうすべきだという風にうなずく。

薫子が信政の袖を引いた。

「言うとおりにしてください」

「しかし……」

師匠からお守りするよう言われている、という言葉がすんなり出てこない信政に、薫子は真顔でうなずく。

「お父上の仇《かたき》は、わたくしが取ります」

決意を込めた目で見つめられた信政は、激しく首を横に振った。

善衛門が信政と薫子のあいだに割って入り、片膝をつく。

「若、殿は上様のおんために、丸腰で城へ入られたのです。殿が命がけで守ろうとした上様を、敵《てき》に殺させてはなりませぬ」

信政は拳をにぎり締めた。

「連れて行け」

堀田に応じた兵が、薫子の腕を引いた。

「薫子様」

信政が声をかけると、薫子は立ち止まって顔を向けた。

その優しい笑顔が、信政の胸を貫いた。

「江戸に連れてくるべきではなかったのだ」

誰がなんと言おうと、道謙の言いつけを守らねばと思った信政は、薫子を取り戻そうとしたのだが、目の前を槍衾《やりぶすま》で塞がれた。穂先を向ける堀田の兵たちが、悲しい目をしている。

「皆、殿の死を悼《いた》んでおります」

善衛門の言葉に、信政は一歩も動けなくなり、連れて行かれる薫子を見送ることしかできなかった。

「死んではなりませぬ！」

信政の声に、薫子は振り向かなかった。

四

薫子を連れた堀田は、兵に守られながら大手門から入り、下乗御門まで歩みを進めたところで声をかけた。

「若年寄の堀田だ。薫子がこれにおる。上様と交換じゃ！」

「待たれよ！」

静かな時が過ぎ、城門が開けられた。

出てきた兵が告げる。

「兵は下がれ！　取り巻き五名のみ入城を許す！」

「偉そうに」

聞こえぬよう吐き捨てた堀田は、言われるとおり兵を下がらせ、腕に覚えのある馬廻り衆を五人指名し、門を潜った。

捕らえられた門番や、二ノ丸を守っていた旗本や御家人たちが番所前の広場に集められ、車座にさせられている。

ざっと二百人はおろうか。

入った堀田に顔を向けるその者たちは皆、期待を込めた目をしている。家綱を取り戻せば、見張りの者たちに襲いかかる気でいるに違いなかった。

本丸の石垣と城壁を見上げる馬廻り衆の前を歩む堀田は、口を一文字に引き結び、腰に帯びている名刀備前《びぜん》の太刀にそっと左手を添える。

坂下で止まれと命じられて従うと、程なく坂上の中雀門が開き、人が出てきた。

家綱を連れた近江が、二十人の兵を率いて坂を下りてくる。

やや離れた場所で止まった近江は、己の名を告げ、家綱を前に出した。

「薫子様、ご尊顔を拝見」

近江の言葉に応じた堀田に促されて、薫子は市女笠《いちめがさ》を取った。

顔を知っている近江は、唇に笑みを浮かべて片膝をついた。

「薫子様、こちらにお歩みください。こちらも放す。双方手出し無用!」

近江の声に応じた堀田が、薫子に向く。

「信政殿に申した言葉、忘れるな」

薫子は意志の強い顔でうなずき、一人で歩みを進めた。

家綱も放され、堀田に向かって歩む。

緊迫の中、家綱と薫子がすれ違おうとした時、突如として、本丸の城壁から鉄砲の音が響いた。

堀田の馬廻り衆が二人倒れ、残った家来が身を挺してあるじを守る。

「上様をお守りしろ!」

叫ぶ堀田は、家綱を救うべく歩みを進めようとしたのだが、ふたたび鉄砲の轟音が響き、腕を撃たれた。

倒れそうになるのを家来に支えられた堀田が、激痛に呻いた。

「逃げよ!」

大声で告げた家綱が、近江に振り向く。

近江は、悔しそうな顔をしている家綱を見たまま、手を上げた。すると、城壁の狭間から出ていた鉄砲が下げられ、攻撃は止まった。

近江が堀田に告げる。

「去れ、去らねばこの場で家綱を殺す」

「おのれ、卑怯《ひきょう》者め！」

腹の底から怒りをぶつけた堀田だったが、歯を食いしばって無念に耐え、その場で両膝をついた。

「上様、まんまと薫子を渡したそれがしをお許しください。ごめん」

脇差を抜き、腹を斬ろうとする堀田に、家綱が叫ぶ。

「ならぬ！　ならぬぞ堀田。下がれ！」

「しかし……」

「ならぬと申しておる」

家綱の命令に応じた堀田は、脇差を落とした。

馬廻り衆に支えられた堀田は、泣きながら退散してゆく。

大勢の者たちが堀田を囲んだところで、家綱は大きく息を吸った。

「余に構わず、城を攻めよ。弟綱重《つなしげ》と御三家の者に、あとを託す」

声が届いた堀田はうろたえた。

「上様！」

「しかと申しつけたぞ！」

大声で告げた家綱は、嘲笑を浮かべる近江を横目に、本丸に向かって歩みを進めた。

近江の背後にいる薫子が、真顔で頭を下げた。

家綱は立ち止まり、薫子に顔を向ける。

かける言葉が見つからぬ家綱を、近江が促す。

「本丸に戻れ」

家綱は従い、坂をのぼった。

本丸御殿の玄関で待っていた銭才が、薫子を見て目を細めた。

「少し見ぬあいだに、大きゅうなられた。先帝によう似ておられる。薫子様、何も案ずることはありませぬ。万事、この銭才が治めてさしあげます」

「銭才……」

戸惑う薫子に、銭才は目尻を下げて告げる。

「下御門実光の名は、新しき世を造ると決めた時に捨てました。薫子様と共に、銭才の名を日ノ本のみならず、大陸にも残す所存」

薫子は微笑んだ。

「なんとお呼びすればよろしいですか」

「そなた様は余の孫なれど、先帝の血を引かれる御身分。銭才とお呼びください」

「母の父であるそなた様を、そのようには呼べませぬ」

「なんと、じじとお呼びくださるのですか」

「共に、穏やかに暮らしていただけるなら」

「難しい話は後にして、まずはお上がりください。家綱殿も、ささ、共にまいられよ」

先に歩む銭才は、老いを感じさせぬ。その背中を見つめた薫子は、隠し持っていた母の形見を抜いた。

陽光に煌めく懐剣の切っ先を前に向けて銭才に迫ろうとしたが、近江に取り押さえられた。

目を見張る薫子の手から懐剣を奪った近江が、片膝をつく。

足を止めた銭才が、近江から懐剣を受け取り、鎺《はばき》を見て目を細め、家綱に向けた。

「見よ、これに刻印された菊の御紋こそが、薫子様のお血筋を証明する物じゃ」

近江が薫子から鞘を奪い、銭才に差し出した。

鞘に納め、己の懐に入れた銭才が、薫子を促す。

「さ、薫子様。まいられよ」

自ら黒書院に招き、薫子を上段の間の、将軍の座に誘った。

下段の間に座らされていた酒井が、銭才に言われるまま将軍の座に着く薫子を、屈辱極まりない面持ちで見ている。そして、家綱が酒井の横に座らされたのを見て愕然とし、銭才に怒りをぶつけた。

「無礼者！　将軍であらせられるぞ！」

薫子の背後に座した銭才は、右目を鋭くして告げる。

「ここにおわすは、先帝の血を引かれる薫子様じゃ。頭が高い」

酒井は顔を引きつらせた。

「何を申すか……」

「将軍などは所詮、帝の臣下じゃ。徳川討伐の勅命が出されればしまいじゃ。そうであろう」

酒井は睨む。

「天下騒乱を、帝が望まれるはずがなかろう」

「頭が高いと申しておる」

近江に言われて後ろ首をつかまれた酒井は、抗ったが力負けし、薫子に向かって無理やり頭を下げさせられた。

額を畳に押さえ付けられ、屈辱に呻く酒井を見た家綱が、前を向いて告げる。

「その帝をないがしろにせんと謀るそのほうらに、徳川は従わぬ。ここは江戸城じゃ。そのほうらに勝ち目はない。覚悟せよ」

銭才は家綱を見据えた。

「徳川の底力を期待しておるようじゃな。では、とくと見せてもらおう」

堀田が動くと信じていた家綱だったが、半日が過ぎ、翌朝になっても、大手門から闕の声はあがらなかった。

銭才の計らいで大奥へ下がっていた薫子は、大垣の息がかかった侍女たちの世話を受け、静かに一晩を過ごした。

翌朝、湯浴《ゆあ》みをすすめられたが断った。

大垣の命を受けている侍女たちは、他にも刃物を隠し持っていないか確かめるために着替えをすすめてきた。

しくじって以来、銭才がまったく近づかないのを感じていた薫子は、侍女に従い着物を脱いだ。

首から下げている赤いお守り袋に手を伸ばそうとした侍女に、薫子は告げる。

「これは母の形見ゆえ、触れてはなりませぬ」

手を引いた侍女は、頭を下げた。

「申しわけございませぬ。ですが、言いつけに従わなければ、後で罰を与えられます。どうか、ご容赦を」

侍女は恐れた顔をしているが、言葉には棘《とげ》がある。

薫子は首からお守りを外し、差し出した。

中を調べた侍女が返し、神妙な態度で頭を下げた。

着替えをすませ、銭才が待つ黒書院に向かう。

いっぽう、中奥御殿に下がっていた家綱は、いつまでも静かな外に寂しげな顔を向け、出された朝餉にも箸を付けずにいる。

酒井が案じた。

「上様、一口だけでも、お召し上がりください。腹が減っては、戦になりませぬぞ」

「戦にはならぬ」

廊下でした声に家綱が顔を向けると、近江が来た。

「銭才様がお呼びです」

応じる必要もないが、家綱は従い、黒書院の下段の間に入った。

銭才の前にある将軍の座に、薫子はいない。

酒井と共に、薫子を待つ体《てい》で座らされていた家綱は、上段の間に現れた薫子に目を見開いた。白の小袖、緋《ひ》の長袴、若草の単《ひとえ》、橙《だいだい》の五衣《いつつぎぬ》、朱の唐衣《からぎぬ》を重ね着て、純白の裳《も》を引きながら歩む薫子が、神々しく映えているからだ。

髪飾りひとつ挿さぬ髪を腰まで垂らした薫子は、家綱に向いて座した。

銭才は、この国の女帝だと言わんばかりに、家綱に薫子を見せた後に御簾を下げさせ、己は下段の間に座し、仰々《ぎょうぎょう》しく述べる。

「薫子様がこれに鎮座されたおかげで、臣下どもは矛《ほこ》を下げてございます」

そこへ、計ったように大垣が現れ、薫子に向かって頭を下げて告げる。

「城を出た堀田は、家綱殿の命令を伝えたようですが、甲府宰相綱重殿をはじめ、御三家の者どもに動く気配はございませぬ」

銭才が満足げに顎を引く。

酒井が声をあげた。

「薫子のためではない。上様を失うのを恐れて動かぬのだ」

近江が即座に立ち上がり、酒井の背中を太刀の鐺で突いた。

呻いて両手をつく酒井に、家綱が告げる。

「ここで何を申しても、痛い目に遭うだけじゃ。大人しゅうしておれ」

銭才がくつくつと笑い、立ち上がった。

「徳川方がどう出るか、今一度確かめてやろう。近江、大手門に使者を出せ」

「承知いたしました」

近江は廊下に控えている家来の前に行くと、懐から出した書状を託した。

「何をする気だ」

問う酒井に、大垣が応じる。

「浅草の戦を終わらせるのですよ。稲葉がどう動くか、楽しみですな」

意地の悪い笑みを浮かべる大垣を、家綱は真顔で見つめる。

大垣は一瞬だけ目を合わせ、余裕の面持ちで前を向いた。

甲府藩や御三家の者たちが集まる大手門から使者が出たのは、程なくのことだ。

使者は皆の前で書状を取り出し、声高《こわだか》に告げた。

「徳川方に、薫子様からの命令である。小川修理大夫殿を攻めている稲葉軍を下げよ。速やかに引けば、誰も罪に問わぬ。以上」

「おのれ！」

声をあげて騒ぐ者が出たが、門前に陣取っていた綱重が静かにさせ、使者に向く。

「承知した！」

使者は頭を下げ、大手門に入った。

御三家の当主たちも異議を唱えず、直ちに稲葉の陣へ使者が出された。

「承服できぬ！」

稲葉は、もう一押しで落とせると言ったが、与力の大名たちから、家綱の命がどうなってもよいのかと責められ、悔し涙を流して指揮棒を折った。

こうして浅草の戦は終わり、謀反人である小川修理大夫が堂々と江戸城に入ったのは、諸侯に大きな影響を与えた。

公儀の目を気にして江戸城に集まっていた外様大名たちの中から、徳川を見限ったとも取れる行動を恐れず、屋敷へ引き上げる者が出たのだ。

この動きを知った銭才は、次の一手に出た。諸藩の大名と江戸留守居役をすべて、西ノ丸に集めたのだ。

家綱の命のため、綱重をはじめとする大名と留守居役たちは、その日のうちに西ノ丸へ上がった。

皆が集められた大広間の上段の間に現れたのは、銭才でも家綱でもなく、大垣と近江、そして成太屋源治郎だ。

「裏切り者」

罵《のの》る声があがる中、大垣はすました顔で上段の間に立ち、綱重と御三家の当主たちを勝ち誇った顔で見下ろした。

「皆の者、よう聞け。これより申すことは、家綱殿も承諾しておる。皆、直ちに国許《くにもと》へ戻り、戦支度にかかれ。出陣は三月後だ。これに控える王広治《おうこうち》と共に海を渡り、承《しょう》天府《てんふ》（台湾）の軍勢と大陸に攻め込み、清国王朝を倒す」

場が騒然となるが、大垣はそれに負けぬ大声で命じる。

「出陣の総勢は五十万じゃ！　老中の座におる者は、藩の石高に応じて負担を振り分けるように。時はないぞ。直ちにかかれ！」

急き立てる大垣に、綱重が声をあげた。

「愚かな。清国は大国だ。勝てるわけがない」

幕閣の大名が続く。

「さよう。清国の力を知らぬおぬしではあるまい。そもそも、唐に渡って戦をする金も兵糧もない」

大垣は薄笑いを浮かべ、成太屋を促した。

応じた成太屋が、皆の前に立った。

「米と軍資金の心配はいりませぬ。この王が用意しますから、皆様がたは、兵をお出しください。日ノ本中の大名が所有する鉄砲と大筒の数、そして、我が同胞の兵力があれば、清国を恐れることはありませぬ。必ずや、勝てまする」

大垣が、下、と書かれた書状を皆に見せた。

「これは家綱殿の御上意でもある」

「見せよ」

綱重に言われた大垣は、近江に託した。

受け取って目を通した綱重が、信じられぬ、という顔を上げる。

大垣が目を細めた。

「家綱殿の御直筆だと、皆に伝えたらどうか」

「おのれ大垣、上様を脅して書かせたであろう」

認めぬ綱重と御三家に、大垣は表情を一変させ、厳しく告げる。

「刃向かえば、家綱殿がそのほうらを成敗されるまでじゃ！」

「何を！」

頭に血をのぼらせ、大垣に向かって片膝を立てた綱重だったが、目の前に近江の太刀が向けられた。

尾張藩主が慌てて綱重の腕をつかんで引き、声をかけてようやく、綱重は落ち着きを取り戻した。

近江が太刀を鞘に納め、綱重を見下ろして告げる。

「家綱の命令が気に入らぬなら、遠慮のう城を攻めてまいれ」

「おのれ！」

できるはずもない綱重は、袴をつかんだ手に力を込め、下を向いた。

大垣がほくそ笑んで命じる。

「城を囲んでおる者たちを下がらせよ。話は以上だ」

綱重は、出ていく大垣を目で追っていたが、立ち上がり、皆に向いた。

言葉が出ぬ綱重に、紀州藩主の徳川光貞《みつさだ》が赤くした目を向け、震える声で訴えた。

「上様の御身が大事。このまま従うしかございませぬ」

綱重は、光貞の前で片膝をつき、肩に手を差し伸べた。

「信平が上様を助けてくれると期待したが、残念じゃ」

「はは」

光貞は頭を下げ、涙を堪えている。

綱重は立ち上がり、皆に告げた。

「直ちに国許へ戻り、兵を集めよ」

これに対し、譜代大名から声があがった。

「おそれながら申し上げます。徳川宗家のおんため、城を攻めるべきです」

「余に、兄を見捨てよと申すか」

「天下泰平のために、御決断を」

立ち上がって訴えていた譜代大名の胸に、矢が突き刺さった。

血泡を吹いて倒れる譜代大名に絶句する皆の前に、弓を持った近江が現れて告げる。

「団結を乱す者は、我らには必要ない。実の兄を死なせとうない綱重に従えぬ者は、容赦なく排除する」

綱重は、近江の前を塞いで皆に向き、告げる。

「戻って兵を集めよ」

一言も反論しない者たちは、綱重に頭を下げ、大広間から出ていった。

綱重は、近江に厳しい顔を向ける。

「団結を求めるなら、二度と、今のような真似をするな」

近江は鼻で笑い、弓を捨てて立ち去った。

五

崩れた石垣が見える場所から離れようとしなかった信平の家来たちにも、退去が命じられた。

佐吉は頑として動こうとせず、五人がかりでも手を焼いていたのだが、信政の説得でようやく応じた。

善衛門たちと赤坂の屋敷に帰っていた信政は、引き上げる藩士たちの列の向こうに、堀端で座り込んでいる五味正三を見つけて、そちらに向かおうとしたのだが、お初に声をかけられて立ち上がるのを見て、こちらに来るのを待った。

信政に気付いた五味が駆け寄る。

「戻られていたのですか」

涙を浮かべる五味に、信政は気丈に微笑む。

「泣かないでください。わたしは、父が死んだとは思いませぬ」

「おれもそう思いたい。思いたいが……」

五味は、砕け散った二重櫓と石垣に顔を向けた。

「おいそこの者、下がれ！」

兵が怒鳴りながらこちらに来るのを見た信政は、五味の腕を引いた。

「一旦屋敷に……。さあ、行きますよ」

五味はうなずき、堀から離れた。

屋敷に帰った善衛門たちは、座敷に集まった。

佐吉をはじめとする家来たちは、信平が座していた上座に向いて首を垂れ、しゃべる者は一人もいない。

信平の居室に狐丸を置いた信政が、襖を開けて戻ってきたところで、善衛門が口を開く。

「若君、奥方様にご報告にまいりましょう」

襖を閉めようとしていた信政は、手を止めて振り向いた。

「まだ、よいではないか」

「お気持ちは分かります。それがしも、殿がこの世を去られたなど信じたくはありませぬ。されど、もう何日も経《た》ちますし、黙っていても、いずれ紀州様から奥方様の耳に入るはず。隠し通せませぬ」

信政はうつむいて、黙り込んだ。

善衛門が頭を下げる。

「それがしが、お伝えします」

「いや、わたしがお伝えする。狩衣の切れ端は、誰が持っている」

「ここにございます」

佐吉が懐から出した。

隣にいた五味がそれを見て顔を歪め、腕を目に当てて嗚咽した。宮本厳治が悲しみを吐き出し、大声をあげて天井に顔を向けてきつく目を閉じた。それを機に、他の家来たちも悲しみの声をあげ、袴をにぎり締めて肩を怒らせた。座敷はすすり泣く声が響き、誰も、信平が生きているとは言わない。

「何を泣いておるか！」

大声に誰もが顔を向けると、赤い甲冑を着けた井伊土佐守が庭に現れ、渋い顔で皆を見回した。

「わしは信じぬ。信平殿は、殺しても死なぬ男じゃ。違うか！」

善衛門が応じる。

「土佐守殿は、二重櫓の爆発を見られましたか」

井伊は顔を背け、月見台に向いて縁側に腰かけて告げる。

「見ておらぬが、それがなんだと言うのだ」

「誰も、殿が逃げられたお姿を見ておらぬのです。焦げた狩衣の切れ端もござる」

「なんだと！」

立ち上がって振り向いた井伊は、目を見開いている。

「どこにある」

「ここに」

信政が差し出すのをつかみ取った井伊は、見開いたままの目で確かめ、途端に、眉尻を下げて唇を震わせた。

「誰か、他の者の物に決まっておる」

言い終えぬうちに声にならなくなった井伊は、切れ端をにぎり締めた手を額に当てて縁側に腰かけ、下を向いて黙り込んだ。

井伊のそんな姿を見た信政は、込み上げる感情を抑えられなくなった。頬を伝う涙を拭っても、とめどなく流れてくる。

場が静まり返り、しばらく誰もしゃべろうとしなかった。

沈黙が長く続いたおかげで、少し気持ちが落ち着いた信政は、

「母に、お伝えしなければ」

自分に言い聞かせるように声に出して立ち上がった。母がいる奥御殿に行くべく廊下に出て、井伊の背中に頭を下げた。

「で、出た！」

声をあげた五味に信政が振り向くと、五味は腰を抜かして口を開け、信政が閉め忘れていた襖を指差している。

善衛門が問う。

「何が出たのだ」

「い、今、白い影が部屋の中を横切りました」

「なんじゃと！」

振り向く善衛門の横を走り抜けた信政が襖を開け、目を見張った。

六

「父上！」

宝刀狐丸を取ろうとしていた信平は、信政の大声に振り向いた。

座敷に集まっている家来たちは皆、信政と同じように、幻でも見ているような顔をしている。

狐丸を手にした信平は、信政にうなずいて座敷に出ると、皆の前に立った。

家来たちが立ち上がって信平を囲み、怪我をしていないのかとか、亡くなられたと思い途方に暮れていたのだと口々に伝え、五味などは、顔をくしゃくしゃにして、

「生きているならそうと言ってくれないと、おれはもう、もう……」

その先を言えなくなり、佐吉の胸に顔を寄せて泣いた。

佐吉は五味を抱きしめ、よかったと言って泣いている。

そんな家来たちを順に見ていた信平の前に井伊が来て、不機嫌そうに告げる。

「五味が申すとおりだ。黙っているとは人が悪い。今まで、どこで何をしていた」

信平は神妙に応じる。

「森殿が、命がけで助けてくださった。爆風を受けたものの、運よく落とし蓋が抜けてくれて、堀に落ちたのだ」

「その爆発で、狩衣がこのようになったのか」

焼けた切れ端を見せられた信平は、うなずいた。

「落ちる時に、袖がひっかかって取れたのであろう」

井伊は、信平が着ている純白の羽織を見つめた。

「怪我をしたのか」

「うむ。背中に傷を負ったが、厚い生地の狩衣のおかげで浅手だった。だが、爆発で気を失って堀の底に沈んでいたところを助けられなければ、死んでいただろう」

「森殿が助けたのか」

「いや。森殿は、毒を塗られた縄を嚙んで、解いてくださったのだ。爆発の最中に、敵に見つからぬよう堀から助け上げてくれたのは、あの者たちだ」

信平は、己の部屋に向く。

「入ってくれ」

皆が注目していると、奥御殿に通じる襖を開けた松姫が、膝を転じて、奥にいる者を促した。

入ってきた人物を見て真っ先に声をあげたのは、佐吉だ。

「宇多《うだ》殿！」

宇多忠興《ただおき》は佐吉に穏やかな笑みを浮かべて応じ、井伊には神妙な面持ちで頭を下げた。

　忠興は、居城と領地を守れなかった咎《とが》で森能登守にお預けの身になり、美濃に送られた。そこで森家の国家老に鍛えられ、赤蝮の後釜になるべく鍛錬を重ねていたのだ。そうするよう森に命じたのは、他ならぬ家綱だった。跡継ぎがいない森に、辛い目に遭った忠興こそ適任だと、すすめていたのだ。

　信平から話を聞いた善衛門は、嬉しそうに忠興の前にゆく。

「少し見ないあいだに精悍《せいかん》さが増しましたな。むしろ頼もしく見えますぞ。殿をお助けくださり、我ら一同、お礼申し上げます」

　善衛門に続いて、佐吉たち家来が座して平伏した。

　すると忠興が、遠慮がちに告げる。

「わたしは信平殿を、四谷にある森家の上屋敷にお迎えしただけです。助けられたのは、菱殿《りょう》です」

　蜘蛛《くも》一党の頭領の名に、佐吉が驚いた顔を上げた。

「殿、まことですか」

「うむ」

「それは心強い限り。菱殿は今、どこにおられます」

「城じゃ」

信平はそう告げると、白い羽織を脱いだ。

今日は月が出ない晦日《みそか》。闇に溶け込む色合いの、薄手の衣《ころも》を着けているのを見て、誰よりも先に井伊が口を開く。

「見たことがない身なりだが、まさか、本丸に行く気か」

信平は、真顔を井伊に向ける。

「上様をお助けし、銭才を討つ」

井伊は、渋い顔をした。

「怪我が治ってはおるまい」

「それでも戻らねばならぬ。本丸で上様をお助けした後に門を開くゆえ、攻め込んでくれぬか」

井伊は勇ましい面持ちで顎を引いた。

「そういうことなら、引き受けた。敵に気付かれぬよう、兵を近づけておく」

信平は家来たちに、井伊と行動を共にするよう命じた。

お初と鈴蔵が廊下で片膝をつき、供をすると申し出た。

五味はお初の身を案じたが、善衛門と行動を共にすると告げて六尺棒を手にした。

信平は、そんな五味に歩み寄り、策を告げた。

驚いた五味が問う。

「お安い御用ですが、それで力になれますか」

「万が一に備えたい。これに書いたとおりに頼む」

紙を差し出すと、五味は受け取って目を通し、信平にうなずいた。

「分かりました。おまかせください」

「父上、わたしもまいります」

願い出た信政に、信平は言う。

「そなたは、中井殿と残って母を守れ」

「行かせてください」

「母を守るのは大事な役目じゃ」

信平の言葉に、信政は何か言いたそうにしたものの、応じて下がった。

信平は井伊に向く。

「では、これよりまいる。必ず上様をお救いいたすゆえ、兵を頼む」

「承知した」

行こうとした信平に、井伊が声をかける。

「死ぬなよ、信平」

信平は振り向き、笑みでうなずくと、松姫にも顎を引き、屋敷を出た。

共に走っていた忠興の背後に、いつの間にか五人の赤蝮が従っている。

信平がうなずくと、忠興も真顔でうなずく。

赤坂御門に入り、江戸城の西を守る半蔵門にゆくと、菱の右腕である佐奈樹《さなき》が待っていた。信平を堀の底から引き揚げたのは、この佐奈樹だ。目がさめた時、佐奈樹は信平に頭を下げ、蜘蛛一党の危機を救ってくれた恩を返しに来たと告げた。

菱は、銭才が江戸にくだったと知り、信平の力になるべく、佐奈樹をはじめとする主だった蜘蛛一党を江戸に潜伏させ、動静を探っていたのだ。

信平が二重櫓に入れられたのをいち早く知った菱は、佐奈樹たちと堀に入り、誰にも気付かれぬよう近づいていたところに、あの爆発が起きた。がれきと共に落ちた信平を助けることができたのは、井田家との戦いの際に、信平が菱を助け、蜘蛛一党を銭才の魔の手から遠ざけたからだと言える。

「お頭がお待ちです」

佐奈樹の案内で吹上《ふきあげ》の森を走り抜け、本丸が見える場所に向かった。そこで待っていた菱が、到着した信平に歩み寄って問う。

「どうだった」

「井伊殿が動く」

菱はうなずいた。

「井伊の精鋭が来るなら、心強い。だが、本丸は鉄壁の守りだ。気付かれることなく上がる場所がない」

忍びの蜘蛛一党を率いる菱をもってしても、難しいという。

銭才が若年寄の大垣を引き入れたのは、初めから江戸城を乗っ取る腹積もりでいたからに違いなかった。

「ひとつだけございます」

そう言ったのは、忠興と共にいた森の家来だ。懐から出して広げた紙には、江戸城の縄張りが記されており、森の家来が棒手裏剣で示したのは、本丸の南の突端に配置された富士見櫓だ。

信平は、そこから入るという森の家来に問う。

「三重の櫓は、明暦の大火以降、天守閣の代わりに位置付けられている守りの要《かなめ》といっていい。気付かれずに入れるのか」

江戸城を知り尽くしている森の家来だけあり、自信に満ちた面持ちでうなずく。

「殿は日頃から、江戸城を攻める側に立って、城の守りを考えておられました。その殿が、己が攻める時は、西ノ丸を落とす前に、富士見櫓から上がるとおっしゃっていたのです」

すると、菱が口を開いた。

「確かに、西ノ丸を手に入れた銭才方は、本丸と西ノ丸のあいだにある蓮池堀《はすいけぼり》の見張りを減らし、この吹上から行ける門の守りを固めている。だから、入る道がないと思っていたが」

菱は、守りを厳にされている本丸側の西桔橋《にしはねばし》御門と、西ノ丸の紅葉山下門《もみじやましたもん》を指差した。

「この二ヵ所に気付かれずに行けたとしても、富士見櫓に見張りがいれば、難しいのではないか」

「我らが、取って見せまする」

森の家来に言われた信平は、皆とは違う場所を指差した。

「ここはどうか」

西桔橋御門から紅葉山下門に向かう、堀に挟まれた小道の中間あたり。石垣をのぼれば、家綱が捕らえられているであろう中奥御殿の庭だ。

森の家来が目を見張った。

忠興が言う。

「無謀です。銭才は見張りを厳しくしているに違いありませぬ」

「いや、おもしろい」

乗ったのは菱だ。

驚く忠興に、菱が言う。

「信平殿は、本丸から本理院様に会いに行く時、この道をよく通っていたはず。城を攻める手を考えていたのではないか」

忠興が信平を見た。

「そうなのですか」

信平は、含んだ笑みを浮かべる菱に顔を向けた。

「通ってはいたが、攻める手など考えておらぬ。そなたたちが手を貸してくれるなら、できると思うたまでじゃ」

「容易いことだ」

自信に満ちた顔の菱に、信平はうなずく。

「では夜を待ち、上様をお救いする。忠興殿は、西桔橋御門が開いた後に来てくれ」

「承知しました」

一刻もしないうちに日が暮れた。

晦日の闇が深いだけに、本丸で焚《た》かれている篝火がやけに明るく映え、御殿の大屋根が浮いて見える。

小道には、蓮池堀に背中を向けた見張りが、一定の間隔を空けて立っている。

そのうちの一人が、闇から染み出るように現れた黒い影に目を見張った刹那、背後から口を塞がれ、首の骨を折られた。

右側の離れた場所にいる見張りが、暗い中で微《かす》かにした音に顔を向け、声をかけようとした。しかし、同じく口を塞がれ、命を奪われた。

篝火の明かりが届きにくい場所のため、他の者は気付いていない。

そのうち、松明《たいまつ》を持った六人の列が小道に入ってくると、倒された見張りが立っていた場所にさしかかった。

先頭を歩いてきた男が、槍を持って立つ見張りに厳しい顔を向ける。

「おい、篝火の火が小さくなっておるではないか」

「申しわけありませぬ」

指摘された見張りは、篝火に薪《まき》を入れて元の場所に戻った。

「油断するな」

不機嫌に言った男は、西ノ丸のほうへ歩みを進めた。

見送る男は、見張りに化けた蜘蛛一党だ。倒された二人は、篝火の明かりが届かぬ森の中に横たえられている。

見張りに化けている蜘蛛一党の背後では、蓮池堀の水面から、無数の筒が出ている。本丸の石垣の下で頭を出した信平は、水の音をまったく立てずに、石垣に手を伸ばした。静かにのぼる信平の速さは、水の中で合図を待つお初と鈴蔵を驚かせ、菱たち蜘蛛一党の者も舌を巻くほどだ。

道謙と山に籠もり、絶壁の崖を相手に厳しい修行を重ねた信平にとって、城の石垣をのぼることなど容易く、忍び返しは役に立たない。城壁の下までのぼったところで、信平は石垣に鉄の棒を差し込んで足場とした。

すぐ横の多聞櫓から、見張りの声がした。格子窓から外を見ているようだが、月がない中、石垣にへばりついている信平たちを見ることはできない。

信平の頭上で物音がした。見張りの兵が定期的に城壁から顔を出し、松明で照らして確かめるのだ。

松明の明かりが頭上に近づき、黒い人影が城壁の上から覗いた。見張りの兵が城壁から身を乗り出して真下に松明を向け、右側に顔を向けた。そして、鉄の棒を足場にしている信平を見て、あっと息を呑んだ。その兵の額を弓矢が貫いたのは、敵襲だと、声をあげようとした時だった。

夜目が利く菱が、寸分たがわぬ狙いで矢を射たのだ。

見張りの兵は声もなく首を垂れ、手から離れた松明が堀へ落ちてゆく。堀に上りはじめていた佐奈樹たちと、弓を射たばかりの菱を一瞬浮き上がらせて松明は消え、深い闇に包まれた。

仲間の異変に気付いたもう一人の見張りが、どうした、と声をかけようとした刹那、城壁を飛び越えた信平が背後に降り立った。

闇に溶け込む色合いの衣により、兵は振り向いたものの、夜目が利かぬため何も見えぬうちに喉を斬られて倒れた。

あたりを探った信平が城壁に飛び上がり、縄を垂らして合図を送る。

お初と鈴蔵が上がり、菱たち蜘蛛一党が次々と城壁を越えてきたところで、

「手筈どおりに」

信平はそう告げた。

菱が佐奈樹に命じると、応じた佐奈樹が家来たちを連れて中雀門に向かった。

信平と菱は、お初と鈴蔵と共に中奥御殿に向かった。

御殿の外を守る敵兵の目を盗んで中奥御殿に潜入した信平たちは、雨戸が閉められている廊下を進んだ。明かりが漏れている障子の前には、二人の敵兵が見張りに立っている。

そこに家綱がいるに違いないと見た信平は、音もなく迫る。

まさに、疾風《はやて》のごとく迫る信平に敵兵が気付いた時には、左の隠し刀で喉を割かれている。もう一人の敵兵が目を見張って槍を向けようとしたが、その眉間に、鈴蔵が投げた手裏剣が突き刺さった。

倒れる音を出さぬよう身体を支えた信平が、ゆっくり横たえ、障子を開けた。

一人でいた酒井雅楽頭が驚いたものの、すぐに安堵の面持ちとなり、信平に告げる。

「生きていたか」

「上様は、いずこにおられます」

問う信平に、酒井は表情を厳しくした。

「銭才と黒書院におられる」

そう告げて立ち上がった酒井は、倒れた兵の槍を取り、勇ましく告げる。

「一気に攻めるぞ」

「少々お待ちを」

「何を躊躇《ためら》う」

「井伊土佐守殿が兵を近づけて合図を待っております。上様が銭才と共におられるならば、騒ぎに乗じて動きます。菱殿」

計画変更に応じた菱は、背中から一本の矢を取って蠟燭の火を着け、外に出た。弓に番えて空に向け、放つ。

夜空を走る一筋の光を認めた佐奈樹が、配下と共に中雀門を守る敵兵に襲いかかった。

それから四半刻もせぬうちに、信平の耳に、井伊軍の鬨の声が届いた。蜘蛛一党が開けた大手門から、攻め入ったのだ。

七

表御殿がにわかに騒がしくなり、見張りの兵たちが井伊軍を迎え打つべく移動をはじめた。

酒井を連れて中奥御殿を出た信平は、残っている兵たちを倒しながら突き進む。そして黒書院に行くと、上段の間に薫子が座し、家綱は下段の間に囚《とら》われていた。

斬りかかってきた大垣の家来を一刀で斬り伏せる信平。

大垣は目を見開いて立ち上がり、逃げようとした目の前にお初が現れ、胸を蹴られて下段の間に転がり、這って銭才のそばに逃げた。

近江が銭才を守って立ち、信平に驚きの顔を向けている。

酒井が槍で兵を突き、黒書院に入ってきた。

「上様！」

「動くな！」

大声をあげた銭才が、信平を睨みながら、家綱の首に刃物を当てた。

「生きていたとは、わしが見込んだだけのことはある。じゃが、詰めが甘いのう。皆、得物を捨てよ。そこへひざまずけ」

廊下にいる菱が、密かに銭才の背後に回ろうとしている。

信平は時を稼ぐため応じ、狐丸を置いた。酒井が悔しそうな顔で槍を置き、お初と鈴蔵も、刀を置く。

銭才は右目を細め、近江に命じる。

「信平を斬れ」

「承知いたしました」

太刀を向けた近江が信平に歩むと見せて、襖に向けて脇差を投げた。

銭才の背後から弓矢を放とうとしていた菱の目の前で、開ける合図を待っていた蜘蛛一党の仲間が腕を貫かれ、声を殺して痛みに耐えている。

銭才の家来が襖を開け、菱に襲いかかる。

矢で射殺した菱は、次の矢を番えて銭才に狙いを定め、その鏃《やじり》を右に転じて、薫子に向けた。

「家綱から離れろ」

銭才が菱を睨む。

近江が信平たちを警戒し、銭才の家来が薫子を守って立った。

狙いを遮られた菱が矢を放つ。

胸に刺さった家来が倒れた。

菱は次の矢を番えようとしたのだが、近江が投げ打った小柄で弦を切られた。

「動くな！」

銭才がふたたび怒鳴り、家綱に当てている刃物に力を込めた。

顔を歪める家綱の首が浅く傷つき、一筋の血が流れた。

動きを止める菱に、銭才が嬉々とした笑みを浮かべる。

「近江、信平を斬れ」

応じた近江が信平に向かおうとした時、

「もうやめて！」

叫んだのは薫子だ。

顔を向けた銭才が、右目を見開いた。薫子が、目の前に倒れている男の脇差を抜き、切っ先を己の喉に向けたからだ。

「薫子、何をする」

「家綱殿から離れなさい」

「馬鹿な真似はやめるのじゃ。薫子、刀を置け」

銭才は優しく言うが、薫子は聞かぬ。

「わたくしは本気です。離れなさい」

「わしはそなたの祖父ぞ。徳川に殺されてもよいと申すか」

「わたくしを孫と思うならば、わたくしのために、もう人を殺めるのはおやめください」

「これは、世のためじゃ。わしは、徳川に苦しめられている民のために立ち上がったのじゃ。徳川の言いなりになっておる今の帝では、民を幸に導けぬ」

「いいえ、世を乱しているのはあなたです」

「薫子、騙されるな」

悲しそうに言う銭才だったが、家綱から離れようとしない。

近江が鞘を投げたのはその時だ。手首に当たった薫子が脇差を落としたところへ近江が迫り、薫子を捕まえた。

「離しなさい」

抵抗する薫子は、突き離されて倒れた。

近江が落ちた脇差を拾い、大垣が薫子の見張りについた。

銭才が笑い、

「近江、ようした」

そう告げると、信平に顔を向けて命じる。

「こ奴の息の根を止めよ」

近江が信平に向かおうとした時、信政と忠興たちが庭に現れ、信政が銭才めがけて小柄を投げた。

首に刃物を当てていた腕に突き刺さった銭才は呻き、その一瞬を逃さぬ家綱が腕を払って逃げた。

薫子が大垣を突き飛ばし、信政のもとへゆく。

逃れた家綱を鈴蔵とお初に託した信平は、狐丸を取った。

本丸の外が騒がしくなったのはその時だ。

手傷を負った銭才の家来が廊下に現れ、片膝をついた。

「申し上げます。井伊の軍勢に続き、徳川綱重と御三家の大軍が押し寄せてきます。本丸は持ちませぬ」

近江は舌打ちをして銭才の腕を引き、大垣に命じる。

「信平を殺せ！」

銭才を守って奥へ引く近江を追おうとした信平だったが、大垣の兵が廊下に現れ、行く手を阻んだ。

大垣が、憎々しげな顔で信平に告げる。

「おのれさえいなければ、天下は我らの物になっておったのだ。この恨み、晴らさずにおくものか」

「大垣、やめよ」

家綱が言ったが、大垣はもはや聞かぬ。

「者ども、かかれ！」

信平は、襲いかかる兵を一撃で斬り伏せ、敵に鋭い目を向ける。

「下がらねば、容赦せぬ」

「怯《ひる》むな！」

声をあげた兵が斬りかかるのを右手のみで斬り伏せた信平は、大廊下に走り、信政と薫子を囲む兵たちの背後に飛んだ。

怪鳥のごとく迫る信平の一閃で三人の兵が倒れ、着地と同時に衣の袖を振るって狐丸をふたたび一閃する。

信平に鉄砲を向ける兵たちに気付いた信政が、地を蹴って飛び、横手から斬り込む。

鉄砲隊が撃つ前に倒され、あらぬ方角へ向けて撃たれた流れ弾が、大垣の兵を貫いた。

信平は、尚《なお》も囲む兵たちを見つつ、戻った信政に問う。

「どうして城へまいった」

「父上の力になれと、師匠から命じられておりますゆえ」

そう言えば叱られないと思っている信政に、信平は微笑む。その余裕を与えてくれた息子に、薫子を守れと命じた信平は、大垣の兵に向かった。

ふたたび鉄砲の轟音が響いたのは、その時だ。

信平ではなく大垣の兵たちが狙われ、二段撃ちで放たれた鉄砲の弾に兵たちが次々と倒れ、状況は一変した。

庭に現れた葵《あおい》の御旗に、大垣が目を見張る。

「もはやこれまでじゃ」

潔く腹を斬ろうとしたが、酒井が槍の柄で手首を打ち、石突で胸を突いて押さえた。

「貴様に腹を斬らせてなるものか。必ず打ち首に処すゆえ、覚悟いたせ！」

信平は酒井を横目に、甲府宰相に家綱を託し、逃げた銭才を追った。

大奥から北ノ丸へ逃げたであろう銭才を追って行くと、北ノ丸で激しい戦いが起きていた。

井伊と御三家の軍勢が、銭才の兵を追い詰めている。

北ノ丸へ行くと、善衛門と佐吉たち家来が信平を見つけて駆け寄ってきた。

善衛門が信平に告げる。

「井伊殿と御三家の軍勢が苦戦しています。小川修理大夫の兵はやけに強く、日ノ本の言葉ではない者もおりますが、何者でしょうか」

「銭才と組んでいる王広治という、明国の残党の配下に違いない。恐ろしい技を使う者ばかりだ」

「そういうことか」

言ったのは、現れた井伊だ。

戦が続く北ノ丸に振り向き、しかめっ面で言う。

「銭才を逃がさぬために田安門《たやすもん》を守っているが、いつまで持つか分からぬぞ」

信平の背後から菱が来た。佐奈樹と蜘蛛一党の連中が現れ、忠興と赤蝮の残党が合流した。

信平は井伊に言う。

「銭才は、決して逃がさぬ。これよりまいる」

応じた井伊が、佐吉に告げる。

「景気付けだ。腹の底から声を出せ!」

佐吉が息を吸い、大声をあげた。

鬨の声は御三家の兵に広がり、田安門を死守する兵たちを勇気付けるいっぽうで、銭才方に焦りを生じさせた。

信平が、御三家の兵を押していた直刀をにぎる者たちに斬り込む。

明国の言葉を交わした者たちが、迫る信平の前で左右に分かれた。背後には、弩《ど》を構えて狙いをつけた兵がいた。

「皆あれにやられています！」

徳川方の兵が叫んだ時、鉄砲を構えるように敵兵が狙いを定めて放った。

弓よりも強力で速い矢が、信平に迫る。

だが信平は、敵が放つ気配にいち早く反応し、石垣を足場に飛んでいた。

数十の矢がすべて外れ、石垣に当たって火花を散らした。

明かりが乏しい中で信平を見失った敵兵がもたついているあいだに、信平が上から狐丸を打ち下ろした。着地と同時に狐丸で薙ぎ払い、弩兵を倒してゆく。

信平が切り開いたことで徳川方が勢いを取り戻し、敵を田安門に追い詰めた。

小川修理大夫の討ち死にを知った近江は、銭才に気付かれぬよう下がり、城壁に上がって暗がりに姿を消した。

気付いた銭才は、逃げた近江を罵り、兵を倒して現れた信平に顔を向けた。

「おのれ、信平」

恨みに満ちた顔で刀を抜き、斬りかかった。

老翁とは思えぬ動きで信平と戦う銭才。

公家に伝わる剣技は手強いが、信平に敵《かな》うはずもない。

銭才渾身の一撃を、信平は狐丸で弾き上げ、返す刀で肩を峰打ちした。

強力な峰打ちに呻いた銭才は、肩を押さえて下がる。

御三家の兵が槍を向けて捕らえようとしたのだが、銭才は刀を振るって抵抗し、軽々と城壁に飛び上がった。そして、信平に切っ先を向け、憎々しい笑みを浮かべた。

「近江が余の無念を晴らす。徳川の世も、長《なご》うはない」

銭才は自ら腹を突き、笑いながら、漆黒の牛ケ《うしが》淵《ふち》に落ちていった。


城から逃げた近江は、五人の家来に守られた王広治と江戸湾を目指していた。

駕籠から顔を出した王広治が、横を歩く近江を見上げた。

「多くの兵を失いましたが、長崎まで行けばどうにかなります。承天府に繋ぎを取って二十万の兵を送らせ、日ノ本を我らのものといたしましょう」

近江は舌打ちをした。

「銭才など早々と見限り、そうしておけばよかったのだ」

「家綱を人質にして、日ノ本の兵を無傷で手に入れたかったのです。清国が相手ですから、兵は一人でも多いほうがよいと思い銭才様に近づいたのですが、信平がすべて台無しにした。あの者だけは生かして捕らえ、この手で八つ裂きにしてやりますよ」

前を歩いていた家来が止まれと合図を出し、近江に告げる。

「町方が通りを封鎖しています」

無数の御用ちょうちんが暗闇を照らし、大勢の役人と小者たちが警戒している。五味が信平に言われて、手配したのだ。

「押し通りますか」

家来の進言に、近江が首を横に振る。

「ここで騒ぎになれば、城から追っ手が来る。別の道をゆけ」

「承知いたしました」

来た道を戻った近江たちは、四辻《よつつじ》を左に曲がり、大川を目指した。ところが、ふたたび道が塞がれており、町方の役人たちが警戒している。

王広治は、駕籠を捨てて路地を選んだのだが、その路地すらも塞がれていた。

「大川へ行けぬようにしているに違いない」

近江が言うと、王広治は家来たちに戻るよう命じた。そして、近江に告げる。

「鉄砲洲《てっぽうず》の隠れ家に、早舟がございます。大川を使えずとも、そこから手筈どおり早舟で、沖で待つ船に行きましょう」

「夜が明ける。急ぐぞ」

近江は道に詳しい家来に続いて、鉄砲洲に向かった。しかし、またしても行く手が塞がれ、篝火を明々と焚いた町方役人が警戒している。

塞がれていない道を進むうちに、京橋《きょうばし》へ続く通りに出た。その先は塞がれておらず、京橋には、東海道に向かう旅人の姿があった。

王広治が言う。

「あの者たちに続きましょう。橋を渡って左へゆけば、鉄砲洲はすぐです」

家来が先行して京橋を渡り、川沿いの道を確かめて戻った。

「道は封鎖されておりませぬ」

近江が、夜明けの空を見上げて命じる。

「走るぞ」

王広治は、やれやれ、と吐き捨て、身体が重そうに走った。

京橋の袂まで少しという場所に来た時、商家と商家のあいだから、つと出た者がいる。

行く手に立ちはだかる者の姿を見た近江は、足を止め、憎々しげに睨んだ。

「信平だ」

王広治が驚き、慌てて近江の後ろに下がった。

家来たちが斬りかかったが、刀はむなしく空を切り、刃が朝日に煌めいたかと思うと、三人が倒れた。

恐るべき太刀さばきに、王広治は悲鳴じみた声をあげた。

「斬れ、早く斬ってしまえ！」

明国の言葉に応じた家来二人が、信平の行く手を塞いだ。

両刃の短刀を両手ににぎる二人は、左右に分かれて信平に迫る。

目で追わぬ信平は、見物を決め込む近江を見据えたままだ。

「はっ！」

「やあ！」

左右から気合をかけた敵が、地を蹴って飛び、同時に斬りかかる。

信平は見もせず飛びすさってかわした刹那、着地した二人に飛ぶ。

斬りかかる二人の刃を狐丸で弾き、左の敵は隠し刀で喉を斬り、右の敵は狐丸で一閃して突き抜けた。

腕を前で交差させて止まる信平の背後で、二人の敵が足から崩れるように倒れる。

近江は、ほくそ笑んだ。

「次は、この手で息の根を止めてやろう」

告げるなり笑みを消し、恐ろしい殺気と共に迫る。

信平は狐丸を右手に下げ、近江の袈裟斬りを弾き上げた。

「おう！」

近江が気合をかけ、素早く打ち下ろす。

信平は右にかわして背中を斬らんとしたが、近江は太刀で受け止め、信平の腹を蹴った。

受け身で飛び下がった信平は、背中に負っている傷の痛みに耐え、両足と両腕を左右に広げた。

「妙な構えよのう」

近江は右足を出し、太刀の刃を信平に向けて切っ先を下げた。

「我が奥義《おうぎ》を受けてみよ」

近江はそう告げるなり、一足飛びに迫る。

地を這うように迫る切っ先が、無防備に見える信平の顎をめがけて斬り上げられた。近江渾身の太刀筋は凄まじく、常人には見えぬ。しかし、信平には通じない。

かわされたことに驚きを隠せぬ近江は、信平を追って右に太刀を一閃する。手ごたえがあった。だが、人を斬ったものとは違う。その刹那、近江は背中を斬られた。

呻いた近江は、己の太刀を見た。鍔から先が、折れ飛んでいる。

「ば、馬鹿な」

見開いた目を信平に向ける。

「秘剣、鳳凰《ほうおう》の舞」

告げて狐丸を下げた信平に、近江は歯を食いしばった。

「お、おのれ……」

脇差を抜いて斬りかかろうとした近江は、手を振り上げたまま頭から突っ伏し、息絶えた。

信平が顔を上げると、王広治は腰を抜かして後ずさり、

「ま、待ってくれ。わたしは、脅されて金を出した……」

言い終えぬうちに、信平が投げ打った隠し刀が喉を貫き、王広治は仰向けに倒れ

た。

馳せる蹄《ひづめ》の音に振り向くと、井伊が黒毛に跨がっていた。

馬を止めた井伊が、倒れている近江たちを見て、信平にうなずく。

「城では、勝鬨《かちどき》が上がっているぞ」

「銭才が見つかったのか」

「うむ。牛ヶ淵に浮いているのを発見した」

狐丸を鞘に納めた信平は、

「銭才は、これまでにない恐ろしい相手だった」

そう告げ、安堵の息を吐いた。

目の前に、井伊の手が差し出された。

「乗れ、上様がお呼びだ」

応じた信平は、井伊の後ろに飛び乗り、城へ戻った。


数日後、領地に帰る家来たちを見送った信平は、松姫と書院の間に戻った。

旅装束の信政が来て、二人の前で片膝をついた。

「父上、母上、これより京に戻ります」

信政はまだ修行の身。道謙が、ことがすめば戻るよう言いつけていたのだ。

信平が問う。

「薫子様のことは聞いているか」

「いえ」

「上様のご意向により、お咎めなしとなった。銭才の前で命を断とうとしたからじゃ」

「さようでございましたか」

口では軽く言っている信政だが、心底安堵している気持ちが顔に出ている。

「薫子様は、どうなるのですか」

「御公儀の手により、宮中へ送られる」

「宮中……、ですか」

「昨日、勅使《ちよくし》が江戸にくだられたそうじゃ。帝は、薫子様を皇女として、宮中に迎えられる。その後のことは、我らの耳には入るまい」

「薫子様は、お幸せになれるのでしょうか」

「帝は、悪いようにはされぬ」

「はい」

信政は、寂しそうに目を伏せた。

「若君、そろそろ」

信政と旅をして宇治《うじ》に戻る千下頼母が、廊下から促した。

応じた信政が、信平と松姫に頭を下げた時、廊下から善衛門の大声がした。

「殿、殿はどこにおられる」

松姫が不安そうな顔を信平に向けた。

「何ごとでしょうか」

「麿は、おらぬと言うてくれ」

「えっ」

驚く松姫に微笑み、逃げようとした信平だったが、善衛門が来た。

「殿！」

怒鳴り声にしか聞こえぬ善衛門の態度に、松姫と信政は、何をしたのですか、という顔を信平に向けた。

善衛門は松姫の前に座し、聞いてくだされ、と言って、信平に顔を向けた。

「殿、上様が若年寄に推されたというに、何ゆえ断られたのですか」

「麿には、荷が重い」

廊下に出て告げる信平に、頼母は真顔で問う。

「まことに、若年寄を辞退されたのですか」

「頼母、もう終わったことじゃ」

「殿、お待ちください。若年寄といえば、大名の職。御加増もあったのでは」

「まあ、多少は」

算用に優れた頼母の目が光った。

「いかほどですか」

「終わったことじゃ」

こう答える信平にかわり、善衛門が残念そうに告げる。

「武州《ぶしゅう》に二万石の領地を与えるとおっしゃったのを、殿はお断りになられたのじゃ！」

「に、二万石を断った！」

いつもは冷静な頼母が、声を裏返らせた。

「御加増だけならば喜んでお受けするが、若年寄が付いてくるゆえ辞退したまで。麿は、しばらく気楽に暮らしたいのじゃ」

「殿、話はまだ終わっておりませぬ。殿！」

善衛門の声を聞きながら、信平は足早に去った。

松姫がくすくす笑いはじめたので、善衛門は泣きそうな顔をした。

「奥方様、笑いごとではございませぬ。殿の欲のなさには、さすがのそれがしも呆れましたぞ」

「旦那様は、気楽に暮らしたいとおっしゃいますが、これまでのんびりされたことなどありませぬ。思うところあってのご辞退でしょう。善衛門殿、これに懲《こ》りず、これからも殿をお頼みします」

三つ指をつかれた善衛門は慌て、松姫から離れて平伏した。

「奥方様、どうかお手をお上げください」

「うんと言うてくだされ、善衛門殿」

「これは、まいりました」

二人を見ていた信政は、頼母にこっそり耳打ちした。

「母上のほうが、父上より上手だな」

頼母は笑った。

「いかにも、いかにも」

本書は講談社文庫のために書下ろされました。

|著者| 佐々木裕一　1967年広島県生まれ、広島県在住。2010年に時代小説デビュー。「公家武者　信平」シリーズ、「浪人若さま新見左近」シリーズのほか、「若返り同心　如月源十郎」シリーズ、「身代わり若殿」シリーズ、「若旦那隠密」シリーズなど、痛快かつ人情味あふれるエンタテインメント時代小説を次々に発表している時代作家。本作は公家出身の侍・松平信平が主人公の大人気シリーズ、第12弾。

決着《けつちゃく》の鬨《とき》　公家武者《くげむしや》　信平《のぶひら》（十二）
佐々木裕一《ささきゆういち》

2022年3月15日第1刷発行

講談社文庫
定価はカバーに
表示してあります

発行者――鈴木章一
発行所――株式会社　講談社
東京都文京区音羽2-12-21　〒112-8001
電話　出版（03）5395-3510
　　　販売（03）5395-5817
　　　業務（03）5395-3615
Printed in Japan

KODANSHA

デザイン―菊地信義
本文データ制作―講談社デジタル製作
印刷―――大日本印刷株式会社
製本―――大日本印刷株式会社

ISBN978-4-06-527001-1

講談社文庫刊行の辞

二十一世紀の到来を目睫に望みながら、われわれはいま、人類史上かつて例を見ない巨大な転換期をむかえようとしている。

世界も、日本も、激動の予兆に対する期待とおののきを内に蔵して、未知の時代に歩み入ろうとしている。このときにあたり、創業の人野間清治の「ナショナル・エデュケイター」への志を現代に甦らせようと意図して、われわれはここに古今の文芸作品はいうまでもなく、ひろく人文・社会・自然の諸科学から東西の名著を網羅する、新しい綜合文庫の発刊を決意した。

激動の転換期はまた断絶の時代である。われわれは戦後二十五年間の出版文化のありかたへの深い反省をこめて、この断絶の時代にあえて人間的な持続を求めようとする。いたずらに浮薄な商業主義のあだ花を追い求めることなく、長期にわたって良書に生命をあたえようとつとめるところにしか、今後の出版文化の真の繁栄はあり得ないと信じるからである。

同時にわれわれはこの綜合文庫の刊行を通じて、人文・社会・自然の諸科学が、結局人間の学にほかならないことを立証しようと願っている。かつて知識とは、「汝自身を知る」ことにつきていた。現代社会の瑣末な情報の氾濫のなかから、力強い知識の源泉を掘り起し、技術文明のただなかに、生きた人間の姿を復活させること。それこそわれわれの切なる希求である。

われわれは権威に盲従せず、俗流に媚びることなく、渾然一体となって日本の「草の根」をかたちづくる若く新しい世代の人々に、心をこめてこの新しい綜合文庫をおくり届けたい。それは知識の泉であるとともに感受性のふるさとであり、もっとも有機的に組織され、社会に開かれた万人のための大学をめざしている。大方の支援と協力を衷心より切望してやまない。

一九七一年七月

野間省一

講談社文芸文庫

真保裕一 ダイスをころがせ！(上)(下)
真保裕一 天魔ゆく空(上)(下)
真保裕一 ローカル線で行こう！
真保裕一 遊園地に行こう！
真保裕一 オリンピックへ行こう！
真保裕一 連鎖〈新装版〉
篠田節子 弥勒
篠田節子 転生
篠田節子 竜と流木
重松清 定年ゴジラ
重松清 半パン・デイズ
重松清 流星ワゴン
重松清 ニッポンの単身赴任
重松清 愛妻日記
重松清 青春夜明け前
重松清 カシオペアの丘で(上)(下)
重松清 永《と》遠《わ》を旅する者〈ロストオデッセイ 千年の夢〉
重松清 かあちゃん
重松清 十字架
重松清 峠うどん物語(上)(下)
重松清 希望ヶ丘の人びと(上)(下)
重松清 赤ヘル1975
重松清 なぎさの媚薬(上)(下)
重松清 さすらい猫ノアの伝説
重松清 ルビィ
重松清 どんまい
新野剛志 八月のマルクス
新野剛志 美しい家
新野剛志 明日の色
殊能将之 ハサミ男
殊能将之 鏡の中は日曜日
首藤瓜於 事故係生稲昇太の多感
首藤瓜於 脳男 新装版
島本理生 シルエット
島本理生 リトル・バイ・リトル
島本理生 生まれる森
島本理生 七緒のために
小路幸也 高く遠く空へ歌ううた
小路幸也 空へ向かう花
小路幸也 スターダストパレード
小路幸也 原案 山田洋次 平松恵美子 家族はつらいよ
小路幸也 原作・脚本 山田洋次 脚本 平松恵美子 家族はつらいよ2
小路幸也 原作・脚本 山田洋次 脚本 平松恵美子 妻よ薔薇のように〈家族はつらいよⅢ〉
島田律子 私はもう逃げない〈自閉症の弟から教えられたこと〉
辛酸なめ子 女修行
柴崎友香 ドリーマーズ
柴崎友香 パノララ
翔田寛 誘拐児
白石一文 この胸に深々と突き刺さる矢を抜け(上)(下)
小説現代編 石田衣良他著 10分間の官能小説集
小説現代編 勝目梓他著 10分間の官能小説集2
小説現代編 乾くるみ他著 10分間の官能小説集3
柴村仁 夜宵
柴村仁 プシュケの涙
柴田哲孝 クズリ〈ある殺し屋の伝説〉
塩田武士 盤上のアルファ
塩田武士 盤上に散る

講談社文庫　目録

塩田武士　女神のタクト
塩田武士　ともにがんばりましょう
塩田武士　罪の声
塩田武士　氷の仮面
塩田武士　歪んだ波紋
芝村涼也　〈素浪人半四郎百鬼夜行(六)〉
芝村涼也　孤《こ》闘《とう》の寂《せき》〈素浪人半四郎百鬼夜行(七)〉
芝村涼也　邂逅の紅蓮〈素浪人半四郎百鬼夜行(八)〉
芝村涼也　終焉の百鬼行〈素浪人半四郎百鬼夜行(拾遺)〉
芝村涼也　追憶の翰《かん》
真藤順丈　畦と銃
真藤順丈　宝島(上)(下)
柴崎竜人　三軒茶屋星座館1〈冬のオリオン〉
柴崎竜人　三軒茶屋星座館2〈夏のキグナス〉
柴崎竜人　三軒茶屋星座館3〈春のカリスト〉
柴崎竜人　三軒茶屋星座館4〈秋のアンドロメダ〉
周木　律　眼球堂の殺人〈～The Book～〉
周木　律　双孔堂の殺人〈～Double Torus～〉
周木　律　五覚堂の殺人〈～Burning Ship～〉
周木　律　伽藍堂の殺人〈～Banach-Tarski Paradox～〉

周木　律　教会堂の殺人〈～Game Theory～〉
周木　律　鏡面堂の殺人〈～Theory of Relativity～〉
周木　律　大聖堂の殺人〈～The Books～〉
下村敦史　闇に香る嘘
下村敦史　生還者
下村敦史　叛《はん》徒《と》
下村敦史　失踪者
下村敦史　緑の窓口〈樹木トラブル解決します〉
九　把　刀／阿井幸作／泉京鹿 訳　あの頃、君を追いかけた
神護かずみ　ノワールをまとう女
四戸俊成／芹沢政信　神在月のこども
篠原悠希　霊獣紀〈獲《かく》麟《りん》の書(上)〉
篠原悠希　霊獣紀〈獲《かく》麟《りん》の書(下)〉
杉本苑子　孤愁の岸(上)(下)
鈴木光司　神々のプロムナード
鈴木英治　大江戸監察医
杉本章子　お狂言師歌吉うきよ暦
杉本章子　大奥二人道成寺〈お狂言師歌吉うきよ暦〉
諏訪哲史　アサッテの人

菅野雪虫　天山の巫《み》女《こ》ソニン(1)　黄金の燕
菅野雪虫　天山の巫《み》女《こ》ソニン(2)　海の孔雀
菅野雪虫　天山の巫《み》女《こ》ソニン(3)　朱《あけ》鳥《がらす》の星
菅野雪虫　天山の巫《み》女《こ》ソニン(4)　夢の白鷺
菅野雪虫　天山の巫《み》女《こ》ソニン(5)　大地の翼
鈴木大介　ギャングース・ファイル〈家のない少年たち〉
鈴木みき　日帰り登山のススメ〈あした、山へ行こう!〉
砂原浩太朗　いのちがけ〈加賀百万石の礎〉
瀬戸内寂聴　新寂庵説法　愛なくば
瀬戸内寂聴　人が好き［私の履歴書］
瀬戸内寂聴　白道
瀬戸内寂聴　寂聴相談室人生道しるべ
瀬戸内寂聴　瀬戸内寂聴の源氏物語
瀬戸内寂聴　愛する能力
瀬戸内寂聴　藤壺
瀬戸内寂聴　生きることは愛すること
瀬戸内寂聴　寂聴と読む源氏物語
瀬戸内寂聴　月の輪草子
瀬戸内寂聴　新装版 寂庵説法

講談社文庫　目録

瀬戸内寂聴　死に支度
瀬戸内寂聴　新装版　蜜と毒
瀬戸内寂聴　新装版　花《か》怨《えん》
瀬戸内寂聴　新装版　祇《ぎ》園女御《おんにょうご》(上)(下)
瀬戸内寂聴　新装版　かの子撩乱
瀬戸内寂聴　新装版　京まんだら(上)(下)
瀬戸内寂聴　いのち
瀬戸内寂聴　花のいのち
瀬戸内寂聴　ブルーダイヤモンド〈新装版〉
瀬戸内寂聴・訳　源氏物語　巻一《まきいち》
瀬戸内寂聴・訳　源氏物語　巻二《まきに》
瀬戸内寂聴・訳　源氏物語　巻三《まきさん》
瀬戸内寂聴・訳　源氏物語　巻四《まきし》
瀬戸内寂聴・訳　源氏物語　巻五《まきご》
瀬戸内寂聴・訳　源氏物語　巻六《まきろく》
瀬戸内寂聴・訳　源氏物語　巻七《まきしち》
瀬戸内寂聴・訳　源氏物語　巻八《まきはち》
瀬戸内寂聴・訳　源氏物語　巻九《まきく》
瀬戸内寂聴・訳　源氏物語　巻十《まきじゅう》

先崎　学　先崎 学の実況！　盤外戦
妹尾河童　少年H(上)(下)
瀬尾まいこ　幸福な食卓
関原健夫　がん六回　人生全快
瀬川晶司　泣き虫しょったんの奇跡　完全版〈サラリーマンから将棋のプロへ〉
仙川　環《たまき》　幸福の劇薬〈医者探偵・宇賀神晃〉
仙川　環　偽装診療〈医者探偵・宇賀神晃〉
瀬木比呂志　黒い巨塔〈最高裁判所〉
瀬那和章　今日も君は、約束の旅に出る
曽野綾子　新装版　無名碑(上)(下)
三浦朱門　曽野綾子　夫婦のルール
蘇部健一　六枚のとんかつ
蘇部健一　六とん2
蘇部健一　届かぬ想い
曽根圭介　沈底魚
曽根圭介　藁《わら》にもすがる獣たち
曽根圭介　TATSUMAKI〈特命捜査対策室7係〉
田辺聖子　川柳でんでん太鼓
田辺聖子　ひねくれ一茶

田辺聖子　愛の幻滅(上)(下)
田辺聖子　うたかた
田辺聖子　春情蛸の足
田辺聖子　蝶花嬉遊図
田辺聖子　言い寄る
田辺聖子　私的生活
田辺聖子　苺をつぶしながら
田辺聖子　不機嫌な恋人
田辺聖子　女の日時計
谷川俊太郎 訳　和田 誠 絵　マザー・グース　全四冊
立花　隆　中核VS革マル(上)(下)
立花　隆　日本共産党の研究　全三冊
立花　隆　青春漂流
滝口康彦　粟田口の狂女〈レジェンド歴史時代小説〉
高杉　良　労働貴族
高杉　良　広報室沈黙す(上)(下)
高杉　良　炎の経営者(上)(下)
高杉　良　小説 日本興業銀行　全五冊
高杉　良　社長の器

2021年12月15日現在